A story that will shake
your heart in 5 minutes
YAMAKAWA Touga
5分後に心揺さぶる物語
美しく怖い、
優しく哀しい
アンソロジー
山川桃河
文芸社

目次

101回目のプロボクサー

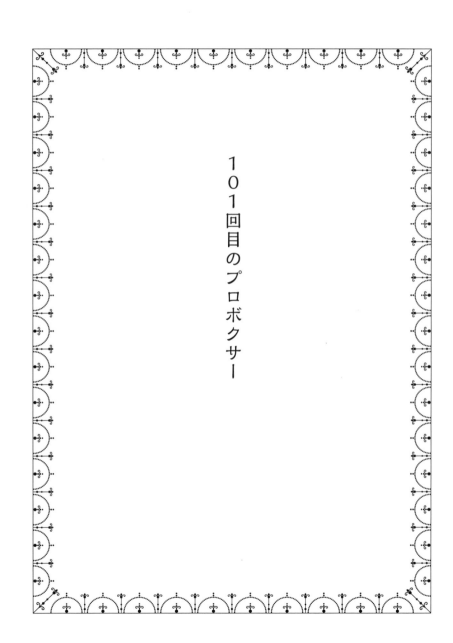

おとこに敵《てき》はいなかった。

どんな相手でも、おとこにパンチの一発も当てられなかった。

かすり傷《きず》さえ負ったことがなく、もちろん負けたことなど一度もない。

おとこはすべての試合《しあい》で、賞金《しょうきん》をぜんぶかっさらっていった。


インドの試合では、100万ルピーの賞金をかせぎ、メキシコの試合では、100万ペソの賞金をかせぎ、アメリカの試合では、100万ドルの賞金をかせいだ。

試合開始のゴングがなったとたんに、いつも相手はリングに沈《しず》んでいた。

おとこは最強《さいきょう》のプロボクサーだった。


おとこは試合に勝っても、取材《しゅざい》のインタビューには応《おう》じず、カメラを向けられても、手で顔をかくした。

ファンから色紙にサインを求《もと》められても、ペンを手に取ることはなく、握手《あくしゅ》を求められても、手を差《さ》しのべることはなかった。

相手選手《せんしゅ》のことも、何とも思っていなかった。

101回目のプロボクサー

1秒でも早く相手をノックアウトして、たくさんの賞金をかせぐことだけを考えていた。

おとこは100人の女の人からプロポーズされ、100人の女の人からのプロポーズをぜんぶ断《ことわ》った。おとこはプロポーズされるのも、断るのも、しだいに面倒《めんどう》くさくなってきた。

面倒くさいので、101人目の女の人からの、101回目のプロポーズを受け入れることにした。こうしておとこは、しかたなく結婚《けっこん》した。

おとこがしかたなく結婚した女の人は、おとこの試合をぜんぶみていた。

女の人は、おとこと結婚したあとも、おとこの試合をぜんぶみにいった。

女の人は、いつも白い帽子《ぼうし》をかぶって試合をみにきていた。

おとこは、その白い帽子で、女の人が試合をみにきているのが、いつも分かっていた。

だけどおとこは、白い帽子の女の人が試合をみにきても、何とも思わなかった。

いつしか、おとこと白い帽子の女の人とのあいだに、女の子の赤ちゃんが生まれた。

女の子の赤ちゃんは、生まれたばかりで、顔がおさるさんみたいだった。オムツを替《か》えても、すぐにオムツをよごし、朝も昼も夜も、いつもわんわん泣《な》いていた。おとこは、女の子の赤ちゃんのことが、あまりすきではなかった。

おとこはついに、99回目のリングに立っていた。いつものように、試合開始のゴングがなったとたんに、相手はリングに倒《たお》れていた。おとこは、あたりまえのように99勝目をあげた。

いつものようにインタビューを断って帰ろうとしたとき、いつもいるはずの白い帽子の女の人が、観客席《かんきゃくせき》にいないのに気がついた。

おとこは気になって、白い帽子の女の人を捜《さが》した。女の人は、試合会場の外の道路に倒《たお》れていた。倒れた女の人のすぐ横には、白い帽子が落ちていた。おとこは女の人を助けようと、走ってかけより、抱《だ》きかかえた。

女の人は、ダンプカーに正面からはねられて、すでに息を引き取っていた。

試合開始に遅《おく》れないよう急いで道路を渡《わた》ろうとしたときの事故《じこ》だったと、あとで知った。

おとこは女の人が残《のこ》した白い帽子を抱きしめて、何日も何日も、声をあげてずっと泣いた。


おとこの記念《きねん》すべき100回目の試合には、100億円《おくえん》の賞金がかかっていた。

100回目の試合は、世界中にテレビ中継《ちゅうけい》され、1億人が注目していた。

しかし、おとこは100回目の試合に姿《すがた》を見せなかった。

ボクシング協会《きょうかい》のえらい人は激怒《げきど》し、1億人の観客はひどくがっかりした。

おとこはボクシング協会から100億円の罰金《ばっきん》をかされ、プロボクサーの資格《しかく》をはく奪《だつ》された。


おとこは妻《つま》を亡《な》くし、悲しみにくれていた。

おとこは残された女の子の赤ちゃんを自分で育てることにした。だけど、ぜんぜんうまくいかなかった。

よごれたオムツの替え方も、よく分からなかったし、女の子がわんわん泣いても、どうしていいか分からなかった。

ある日、女の子のオムツを替えるのがいやになり、おとこはひとりで魚つりに出かけた。

夜中、家に帰ったら、女の子のお尻《しり》がよごれたオムツで赤くなり、わんわん泣いていた。

おとこは、自分はひどいことをしてしまったと後悔《こうかい》し、自分の顔を自分で叩《たた》いた。

顔を叩かれると痛《いた》いということをはじめて知った。

もう女の子をひとりぼっちにはしないと、おとこは心にちかった。

ある日、女の子がわんわん泣くのがいやになり、おとこはひとりでお酒を飲みに出かけた。

夜中、家に帰ったら、女の子はさびしそうな顔をして、さらにわんわん泣いていた。おとこは女の子を笑《わら》わせようと、変《へん》な顔をしたり、おもしろい声を出したりした。

けんめいに女の子を笑わせようとしたら、２時間後にようやくよろこんで笑ってくれた。

おとこは、相手をおもいやって接《せっ》すると、よろこんでくれるのだとはじめて知った。

もう女の子をひとりぼっちにはしないと、おとこは心にちかった。

おとこは女の子をひとりぼっちにしないと何度も心にちかったが、ときにはやっぱり世話をするのがいやになって、何度も家から逃《に》げ出した。だけど毎回、後悔して反省《はんせい》して、夜には家に帰って、女の子の世話をした。

おとこが行き詰《づ》まったときは、妻が残した白い帽子に悩《なや》みを打ち明けた。そうすることで、亡くなった妻が、そっと答えを教えてくれるような気がした。

おとこは失敗《しっぱい》して、反省するたびに、何か新しいことをひとつずつ学んでいった。

頑張《がんば》っては
失敗して
ときにはいやになって
逃げ出して
後悔して反省して
また頑張って

いろんなことをひとつずつ学んで
その繰《く》り返しだった。

そうして10年の歳月《さいげつ》がながれた。
おとこは、プロボクサーの資格をはく奪されてから、10歳年を取った。
女の子も10歳の誕生日《たんじょうび》をむかえた。

おとこは、失敗と反省を繰り返しながら、いっしょうけんめい女の子を育てたけれど、
10歳になった女の子は、重い病気にかかってしまった。
ある医者は、女の子の命はもう助からないと言った。
おとこは、どうすることもできなかった。
妻が残した白い帽子を抱きしめて、何日も何日も、声をあげてずっと泣いていた。
女の子は、日に日に弱って、元気がなくなっていった。

おとこが、妻の残した白い帽子をぼうっとみつめていたとき、もういちどリングに上が

って、女の子に自分のボクシングの試合をみてもらったら、少しは元気になってくれるんじゃないかと思いついた。

自分にできることは、もうそれくらいしかないと思い、おとこはボクシングの練習をはじめた。


おとこがボクシングの練習をするのは、生まれてはじめてのことだった。

10年前までは、練習なんかしなくたって、最強のボクサーだった。

あれから10歳年を取り、もう普通《ふつう》の人になってしまっていた。

おとこは、ボクシングの練習がこんなにもきついものだと、はじめて知った。

それでも試合に出て女の子を元気づけるために、人一倍練習した。

おとこは、ボクシング協会のえらい人に、10年ぶりに試合に出させてほしいと頼《たの》み込《こ》んだ。

ボクシング協会のえらい人は、10年前、おとこが賞金100億円のかかった100回目の試合を台無《だいな》しにしたことを、まだ根に持っていた。

ボクシング協会のえらい人は、プロではないアマチュアとしての出場で、賞金も出ないが、それでもいいなら試合に出してやると言った。

おとこは、娘《むすめ》に自分の試合をみせて元気づけられるなら、それで十分だった。


そしておとこは、10年ぶりに再《ふたた》びリングにあがった。

もうおとこは最強のボクサーではなくなっていた。

10年前の、チョウのような軽やかさも、ハチのような鋭《するど》さもなかった。

勝負は完全《かんぜん》に互角《ごかく》だった。

最終ラウンドまで、おとこは歯をくいしばり、しがみついて、ボロボロになるまで頑張った。

観客は、どっちが勝つか最後《さいご》まで分からない、ぎりぎりの勝負に熱狂《ねっきょう》した。

女の子は、お母さんが残した白い帽子をかぶって、お父さんの頑張っている姿を見守った。

最終ラウンドの終わりを告《つ》げるゴングがなりひびき、勝敗は判定《はんてい》にもつれこんだ。

そして、おとこは生まれてはじめて、試合に負けた。

試合後、相手選手の勝利《しょうり》をたたえ、試合をしてくれたことに心から感謝《かんしゃ》し、相手選手と抱き合った。

おとこは試合後のインタビューにもていねいにこたえ、カメラ撮影《さつえい》にもにこやかに応じ、昔のファンからの求《もと》めに色紙にサインを書き、できるだけ多くの観客との握手に手を差しのべた。

おとこがボロボロになるまで試合をしたのは、このときが生まれてはじめてだった。顔にパンチをもらうことに、慣《な》れていなかったため、おとこはこの試合で、脳《のう》に重いダメージを受けてしまった。

おとこは、試合の次の日に意識《いしき》を失《うしな》い、試合の2日後に、この世を去った。

おとこの試合をみた観客の一人が、女の子の病気の移植手術《いしょくしゅじゅつ》のためのドナー提供《ていきょう》を申し出た。

また、試合をみた別の観客の一人の腕《うで》のいい医者が、女の子の病気の移植手術の執刀《しっとう》を申し出た。

もう命が助からないといわれていた女の子は、移植手術が成功《せいこう》し、奇跡的《きせきてき》に病気が治《なお》った。

命を救《すく》われた女の子は、自分のためにドナー提供してくれた人と移植手術をしてくれたお医者さんに感謝した。

そして、自分を産んでくれたお母さんと、自分をここまで育て、元気づけようと試合に出て、命と引き換《か》えに頑張ってくれたお父さんに感謝した。

女の子は、お母さんの分も、お父さんの分も、強く生きようと思った。

女の子は、お父さんのお墓《はか》に、お母さんが残した白い帽子を、そっとかぶせた。

人々がもっとも感動し、心に深《ふか》く刻《きざ》まれたおとこの試合は、賞金もなくアマチュアとして負けた、101回目のリングだった。

コソ泥《どろ》と大《だい》怪《かい》盗《とう》

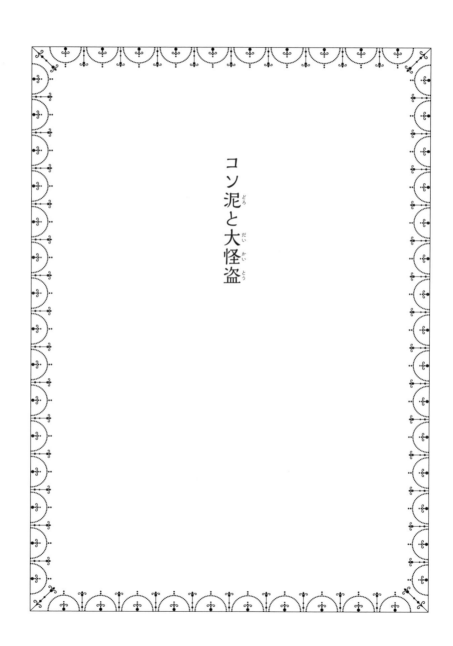

ソロォリ　コソォリ　コソドロリ

おとこは、巨大《きょだい》な煙突《えんとつ》を目印《めじるし》に、黒い森に足を忍《しの》ばせていた。

十二月二十四日の真夜中、それはおとこにとって特別《とくべつ》な夜であった。

幼《おさな》いころ、おとこはその日をいみ嫌《きら》っていた。

町は浮《う》かれ、同じ年頃《としごろ》の子供《こども》たちは、翌朝《よくあさ》を迎《むか》えるだけで、枕元《まくらもと》には宝箱《たからばこ》が置《お》かれていた。

しかし、おとこの枕元には宝箱どころか、枕さえもなかった。

おとこは、貧《まず》しさから学校にすら通えなかった。

貧しい生い立ちを恨《うら》み、世の中を妬《ねた》んだ。

やがておとこは、コソ泥の道を選《えら》んだ。

コソ泥となったおとこにとって、十二月二十四日は、復讐《ふくしゅう》の日となった。

毎年、その日の真夜中、安っぽい白綿《しろわた》と赤い布《ぬの》切れを、顔と体に張《は》り付《つ》けて、町へと足を忍ばせた。そして、民家《みんか》の煙突にソロリとよじ登り、暖炉《だんろ》からコソリと現《あらわ》れては、子供たちの宝箱をドロリと盗《ぬす》んでいった。

ある年の宝箱には、青い目をした人形が、ある年の宝箱には、ブリキのロボットが、ある年の宝箱には、手編《てあ》みのマフラーが入っていた。

しかし、何年続《つづ》けても、おとこの心は一向《いっこう》に充《み》たされることはなく、むしろ空虚《くうきょ》な後味だけが残《のこ》った。

おとこは、もっと大きな館《やかた》の、もっと大きな煙突に入って、もっと大きく豪華《ごうか》な宝箱を盗めば、きっと心が充たされるだろうと考えた。

そして今宵《こよい》、古い教会のある港町の一角の、黒い森からニョキリと突《つ》き出た巨大な煙突を目指して、足を忍ばせていた。

黒い森に身を隠《かく》し、巨大な煙突のたもとに忍び寄《よ》ると、そこにはレンガ造《づく》りの巨大な洋館がふんぞり返っていた。

おとこは、かつてない巨大な洋館にそびえ立つ巨大な煙突を前にして、世紀《せいき》の大怪盗にでもなったかのような武者震《むしゃぶる》いがした。

おとこは、裏庭《うらにわ》の黒い木にコソリと登り、黒い木の枝《えだ》から巨大な洋館の屋根へとヒョオリと跳《と》び移《うつ》り、巨大な煙突をコソォリ、コソソリとよじ登った。

煙突の先っちょで、聖夜《せいや》の満月《まんげつ》と重なったおとこの影《かげ》は、空飛《そらと》ぶソリか自転車にでも運ばれてきたかのようだった。

煙突の中に入ったおとこは、両手両足を煙突の筒《つつ》いっぱいに伸《の》ばし、ずり落ちないように体を支《ささ》え、スリスルルリと下りていったが、やがて手足が届《とど》かなくなり、スコロリドッテンと転げ落ちた。

全身煤《すす》だらけになり、イタテテテと腰《こし》をさすりながら起き上がろうとしたそのとき、真っ黒な影が暖炉の中にドロリと現れ、おとこの首根っこをグイとつかんだ。

「フッハッハッハッハ」

ついにコソ泥も御用《ごよう》かと覚悟《かくご》したが、暗やみの中、甲高《かんだか》い笑《わら》い声に出迎えられた。

笑い声の主は、館の主ではなく、おとこの先客であった。

「おっと、せっかくだからきみに自己紹介《じこしょうかい》をしておこう。

ぼくの名は……」

先客は、二十以上《いじょう》の顔を持つと言われる、かの世紀の大怪盗であった。


巨大な煙突の根っこは、牛二、三頭は丸焼《まるや》きにできそうな巨大な暖炉だった。

おとこは世紀の大怪盗の手引きで、巨大な暖炉の出口の扉《とびら》へと向かった。

暖炉の重い扉を両手で押《お》すと、ぎィィィィと鈍《にぶ》い音をたてて扉が開いた。

扉の先のレンガ造りの部屋には、きらびやかな黄金の箱とみすぼらしい木箱の二つの箱が横たわっていた。

世紀の大怪盗は、暖炉を出て開口一番こう言った。

「きみはきらびやかな黄金の箱を頂戴《ちょうだい》してくれたまえ。ぼくはみすぼらしい木箱で十分さ」

世紀の大怪盗の意外な提案《ていあん》に面食らったおとこは、いぶかって、どういうわけかを尋《たず》ねた。

世紀の大怪盗は、独壇場《どくだんじょう》のように部屋を歩き回りながら、そして流暢《りゅうちょう》に語り始めた。

「ぼくはもうこの世界から足を洗《あら》おうと思ってね。ぼくの生まれは大金持ちでね、とてもまともに働《はたら》く気なんか起こらなかったのさ。黄金のお宝や宝石なんて、ほんとうは要《い》らなくってね。ただスリルを求めて大仕事をやってのけるうちに、どうも有名になり過《す》ぎてしまってね。……でも虚《むな》しくってね。

この仕事を最後に、これまでのお宝はぜんぶ探偵《たんてい》に送り付けるか、孤児院《こじいん》に寄付《きふ》でもするつもりさ。そして、年が明けたら、子供のころにあこがれたパン職人《しょくにん》を目指して、一から出直すのさ。だから、黄金の箱なんて、ぼくには要らない。お金なんか、無《な》いほうが幸せなのかもしれないね」

おとこは、世紀の大怪盗の言葉に、フライパンで頭を殴《なぐ》られたかのような衝撃《しょうげき》を受けた。

世紀の大怪盗は続けてこう言った。

「きみも早くこの世界から足を洗うことをお勧《すす》めするよ。こんな巨大な煙突をスイスイ登れるくらいなら、教会の修復《しゅうふく》か、港での造船《ぞうせん》の仕事なんか向いているんじゃないかな」

おとこは、心が一向に充たされない原因《げんいん》にようやく気が付いた。貧しい生い立ちを恨み、世の中を妬み、復讐心から子供たちの宝箱を盗んでも、何の意味もないことを。

おとこは、今日ですべてを終わりにしようと思った。そして、世紀の大怪盗が勧めてくれた教会の修復や港での造船の仕事を、今すぐにでもやってみたいという思いが、心の底《そこ》からわき上がってきた。


そのときだった。

館の奥《おく》のほうから、コツリコツリと人の足音が聞こえてきた。ハッと気が付くと、黄金の箱の傍《そば》にいたはずの世紀の大怪盗の姿《すがた》は、もうそこにはなかった。

おとこは、慌《あわ》てて近くのみすぼらしい木箱の中に隠れて、重い蓋《ふた》を閉じた。息を殺《ころ》して、足音が過ぎ去るのを祈《いの》ったが、コツリコツリの足音は、心臓《しんぞう》の鼓動《こどう》と呼応《こおう》して次第に大きくなっていき、ついにはおとこの耳元でピタリと止まった。そして、ゴォッと木箱が滑《すべ》るように動いた感覚のあと、ぎィィィィと鈍い音が聞こえた。

ハッと気が付くと、木箱の中にはもう一人の先客がいた。その先客は、冷《つめ》たく固《かた》まって、横たわっていた。おとこの背筋《せすじ》は一気に凍《こお》り付いた。しかし次の瞬間《しゅんかん》、一転して、熱気《ねっき》の渦《うず》に包《つつ》み込まれた……。

その館の主は、二つの棺《ひつぎ》が燃《も》え尽《つ》きた火葬炉《かそうろ》から、それを超《こ》える人数分の遺骨《いこつ》が出てきたことに、腰を抜《ぬ》かした。

教会の鐘《かね》の音《ね》を、蝋燭《キャンドル》の灯《ひ》にともされた白いローブ姿の子供たちの鎮魂歌《レクイエム》が、やさしく包み込んだ。

巨大な煙突から噴《ふ》き出したおとこの一部は、満月の月明かりにきらめきながら、聖夜にまたたく銀河《ぎんが》の星くずへと還《かえ》っていった。

また、おとこの一部は、黒い森一帯《いったい》の土壌《どじょう》に降《ふ》り注ぎ、春には豊《ゆた》かな森を彩《いろど》った。

その日を境《さかい》に、忽然《こつぜん》と姿を消した世紀の大怪盗の行方《ゆくえ》は、誰《だれ》も知らない。

つきがみさま

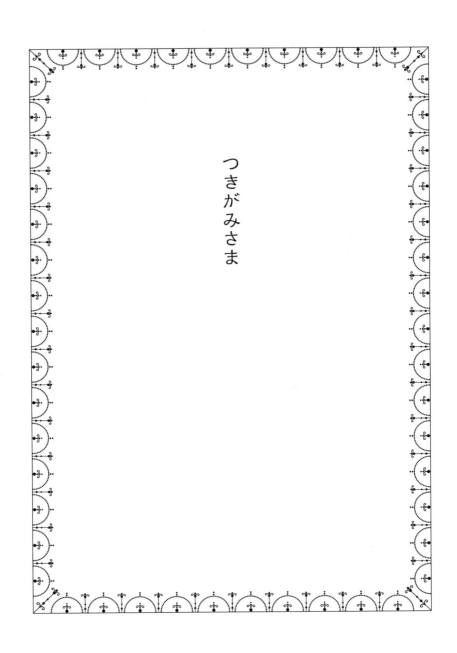

ぷぃひょろ　ろひょおろぉり

遠く聞こえる神社の祭り囃子《ばやし》に、平太《へいた》は心躍《こころおど》らせちょった。

「にいちゃ、早よ行こうよ」と、まん丸く透《す》き通った両目をらんらんと輝《かがや》かせるちぃ子に、

「祭りは逃《に》げんよ」とうそぶいてはみたけんど、平太のせかせか心は隠《かく》せなんだ。

「人の多かで、ちぃ子の手ば離《はな》すなぞ」

一番星の時を刻《きざ》んだじいちゃの声の瞬《またた》きは、遠く耳に薄《うす》れかかりよった。

「今宵《こよい》は、つきがみさまの祭りぞ。ぜぇったいに、塩《しお》の池に近づくなよ」

平太は神社の裏《うら》のウネウネの雑木林《ぞうきばやし》を抜《ぬ》けた先にある「塩の池」が恐《おそ》ろしかった。山から見た池の水は、炭よりもどす黒く、巨大《きょだい》な生き物のように不気味《ぶきみ》にうごめいて見えた。

ある日、じいちゃが教えてくれた。

「塩の池は、その昔、海じゃった。海ん底《そこ》が盛《も》り上がって、大きな大きな塩の池になったんじゃ。つきがみさまがぁおわします池じゃ」

じいちゃのか細かった目ん玉が、ぎょろんと見開いた。

「つきがみさまが乱《みだ》れ狂《くる》うたときにゃ、池の水面《みなも》に映《うつ》るはずの月が消ゆる。んだがな、つきがみさまの狂乱《きょうらん》がおさまるその時じゃ……池の水面に月がふたぁつ映る……」

冷《つめ》たい池の滴《しずく》が背中《せなか》にポタリと垂《た》れたような感触《かんしょく》がして、平太は思わずゴクリと飲み込《こ》んだ。

「そげなわけねぇ」

と、平太はちぃ子の小さなもみじのような手をぐいと引っ張《ぱ》った。

紫《むらさき》の千切雲《ちぎれぐも》と戯《たわむ》れて赤黒《あかぐろ》く火照《ほて》った満月《まんげつ》が、神社へと下る山道を舐《な》めずるように、妖《あや》しく照《て》らしていた。

神社の境内《けいだい》を照らす赤、黄、橙《だいだい》、紫のぼんやり灯《あか》りと火焚《ひた》きの焔《ほむら》がだんだんどんどんと近づいてきた。屋台の甘辛《あまから》い匂《にお》いに平太の腹《はら》がぐうと鳴ったけんど、どんちゃらぷぃひょろ囃子にうまく紛《まぎ》れた。

「んぁ、泣《な》き虫平太じゃねぇか。おめぇ、射的《しゃてき》やってみれや」

目の前にコルク銃《じゅう》を突《つ》き付《つ》けられ、鳩《はと》が豆鉄砲《まめでっぽう》を食ったように平太は目を丸くした。

同い年のギョウタとその取り巻《ま》き連中《れんちゅう》だ。

「おいらはキャラメルをちょうだいしたところよ。一発おごりだ。おめぇやってみれ」

平太は、ギョウタから突き出されたずっしり重いコルク銃を、恐る恐る両手に取った。

射的台に置《お》かれたキャラメル箱《ばこ》が、箱をグニャリと歪《ゆが》めて嘲笑《あざわら》うかのように見える。

背後《はいご》からは、底意地《そこいじ》の悪い視線《しせん》たちが、臆病《おくびょう》な虚栄《きょえい》に包《くる》まれた玉葱《たまねぎ》のような平太の心の薄皮《うすかわ》を、一枚《いちまい》一枚、剥《は》ぎ取っていく。

身ぐるみ剥がされすっかり芯《しん》だけになって縮《ちぢ》こまりながら、冷たい汗《あせ》にまみれコトコト震《ふる》える手を必死《ひっし》におさえ、狙《ねら》いを定め……。

パチコリカンコン
「んひぃ、外れだな。震えたのか？　やっぱりしょせんは泣き虫平太だ」

取り巻き連中の乾《かわ》いた冷《ひ》ややかな笑《わら》いに居《い》たたまれなくなる。

平太は悔《くや》し涙《なみだ》で視界《しかい》をにじませながら、「ねゃ、お願《ねげ》ぇだ、もう一回だけ……次は外さねぇ、頼《たの》むょ……」

とギョウタの背中にしがみつこうとしたけんど、地響《じひび》きのようなドドンコドドロコの祭り太鼓《たいこ》にかき消された。

「ちぇっ、けちんぼう……」

平太は小さくつぶやいた。

つきがみさまに扮《ふん》した里人の狂気《きょうき》めいた雄《お》たけびと舞《まい》につられて、笛太鼓《ふえたいこ》のめくるめく拍動《はくどう》と火焚き薪積《まきづ》みのうずたかい火柱は、おぞましいほどに絶頂《ぜっちょう》を迎《むか》えようとしていた。

「さ、行こう、ちぃ子……あれ？　ちぃ子……」

ちぃ子の姿《すがた》が見えない。うねり狂う火柱に真っ赤に染《そ》められた平太の顔面から、血の気がいっきに引き去っていった。

境内をぐるりと見渡《みわた》しても、ちぃ子の姿は見えない。

屋台の隅《すみ》から神社の裏まで捜《さが》し回ったけんど、どこにも居《お》らんようになった。

火焚き薪積みは焼《や》けながら轟音《ごうおん》とともに崩《くず》れ落ち、つきがみさまに扮した里人は狂乱《きょうらん》のあまり悶絶《もんぜつ》し、失神《しっしん》しかかっている。

平太の目の前にはウネウネの雑木林……。

（もしや、塩の池……）

平太の心臓《しんぞう》の鼓動は荒《あ》れ狂う笛太鼓と同期して耳を打ち、背中に垂れた無数の冷や汗《あせ》は一塊《ひとかたまり》の脂汗《あぶらあせ》へと変化《へんげ》していった。

平太はちぃ子の手を放ってしまった己《おのれ》の愚《おろ》かさを恨《うら》んだ。

そして、ちぃ子の手の残像《ざんぞう》を思いっきり握《にぎ》りしめた。

平太は走った。

ウネウネの雑木林のおどろおどろしい真っ黒な枝《えだ》が、獲物《えもの》に巻き付く大蛇《だいじゃ》のように平太の手足に絡《から》みつく。

まぶたを塞《ふさ》いで、涙の雫《しずく》を細かくちりばめながら、ただひたすら走った。つまずいて顔から地面に倒《たお》れ落ちても、どこを擦《す》りむいたのか分からないまま、どこが痛《いた》いのかも分からないまま、ただひたすらに走った。

四方八方より次から次へと体中にまとわりついてくるウネウネの雑木林を、振《ふ》り切るように駆《か》け抜けた。

(塩の池……ちぃ子!)

目の前に現《あらわ》れた塩の池の水面は、まるで巨大なクジラのお化けのように大きく膨《ふく》らんで盛り上がり、お化けクジラの歯のような何層《なんそう》もの大きな波が幾重《いくえ》にも襲《おそ》い掛《か》かり、今まさにちぃ子を飲み込もうとしちょった。

大きく膨らんだ水面は、真夜中の太陽さながら紅潮《こうちょう》して揺《ゆら》めき盛《さか》る満月の姿を、映してはいなかった。

平太は震える足を力強く踏《ふ》み出し、ちぃ子を引きずり込もうとするお化け池に頭から飛《と》び込んでいった。

お化け池の荒波《あらなみ》にもみくちゃにされ、しょっぱい塩水に目も鼻も胃《い》も何度も浸《ひた》されながらも、死に物狂いでちぃ子の手を思いっきりつかんだ。ついさっきまでつかんでいた、小さなもみじのような手を……。

「もう……離すもんか……」

すると次の瞬間《しゅんかん》、大きなお化けクジラが向こう岸へと去っていくかのように、水面の膨《ぼう》張《ちょう》と荒れ狂う波がみるみる引いていき、平らかになったと思いきや、今度は水面の中央が真っ二つに大きく割《わ》れるように沈《しず》んでいった。

そのとき、頬《ほお》を紅《あか》く染めた満月のきょうだいがほほ笑み合うかのように、二つ、割れた水面の両側《りょうがわ》に映ったのを、平太は薄《うす》れ行く意識《いしき》の中に見ていた……。

すっかり平らかになった塩の池は、何事もなかったかのように、さざ波の音だけを静《しず》かに奏《かな》でている。

青白く冷たくなった平太とちぃ子の身体は、塩の池のほとりの小さな焚《た》き火《び》のそばに横たわっていた。

里人たちからの報《しら》せを聞いて山を下りてきたじいちゃの姿もそこにあった。

里人たちの献身的《けんしんてき》な手当ての末《すえ》、ちぃ子と共《とも》に此《こ》の世に留《とど》まれたことにようやく気が付いた平太は、じいちゃの顔を見るなり「わっ」と泣きついた。

そして、やがて優《やさ》しい兄の顔になって眠《ねむ》りこけるまで、ひたすら泣きじゃくった。

「よぉしよし、まんだまだ、泣き虫平太じゃぁの」

祭りが終わり、静まり返った塩の池の水面は、山際《やまぎわ》に去《さ》り行く薄《うす》ら寂《さび》しそうな満月の影《かげ》を優しく湛《たた》えていた。

それはそれは、狂おしいほどに妖美《ようび》な満月の宵《よい》のことじゃった。

シンデレラになった魔《ま》法《ほう》使い

キキャッカ　キャキャッカ　キャキャカッカ

姉たちのばか笑《わら》いでお庭の小鳥が全部逃《に》げてしまいました。

シンデレラは、部屋のドアに二重に内鍵《うちかぎ》をかけて、鼓膜《こまく》近くまで耳栓《みみせん》をしました。

そして、小鳥を逃がした二人の犯人《はんにん》を窓《まど》から見くだして、カーテンを下ろしてしまいました。

今日はお城《しろ》での乱痴気《らんちき》な舞踏会《ぶとうかい》の日です。

シンデレラは「どうせたいしたイケメンの殿方《とのがた》は来ないわ」と気乗りしませんでした。

舞踏会チックなお姫様《ひめさま》風情《ふぜい》のパヤパヤしたドレスも持っていませんでした。

部屋から出ても継母《ままはは》にこき使われるだけなので、とりあえず昼寝《ひるね》しました。

舞踏会に気乗りしないのはシンデレラだけではありませんでした。

王子様はお城でひとり、深いため息をついて頭を抱《かか》えていました。

眠《ねむ》れるニートのシンデレラが目を覚《さ》ますと、あたりはうっかり暗くなっていました。

屋敷《やしき》の中はしんと静《しず》まり返って、姉たちはもうばか騒《さわ》ぎツアーに出発したようです。外では魔法《まほう》使いの老婆《ろうば》が、出番はまだかと待ちくたびれていました。

シンデレラは、魔法使いに会わないと話が終わらないだろうと、仕方なく外へ出ました。


「やっほー、待った？」

シンデレラの雑《ざつ》なあいさつに、魔法使いは少しイラッとしました。

「遅刻《ちこく》よシンデレラ。午前零時《れいじ》までなのはおとぎ話かなんかで知っているでしょう？」

シンデレラは「てへぺろ」と舌《した》を出し、さらに魔法使いをイラつかせました。


「もうごちゃごちゃと小芝居《こしばい》している時間なんかないわ。さっさと魔法かけるわよ」

魔法使いは、魔法のステッキをシンデレラの目の前にこれ見よがしに差《さ》し出しました。

シンデレラは「ステキなステッキね」と、ひきつった顔で言いました。

魔法使いは「1ドルショップで3ドルもしたのよ」と自慢《じまん》げに言いました。


魔法使いが魔法のステッキを振《ふ》りかざそうとしたそのとき、

「ごめん、私《わたし》行かないわ」とシンデレラが言い出しやがりました。

「え、どういうこと？　話が変《か》わるじゃない」と、魔法使いは頭を抱《かか》えました。

「王子様もイケメンじゃないし、そもそもあんな破廉恥《はれんち》な舞踏会、私嫌《きら》いなの」

魔法使いはすっかりやる気をなくして、白目をむいてしまいました。

きょうび、無理やり舞踏会に行かせようものならパワハラとも言われかねません。


時計の針《はり》はもう午後十一時を回っていました。

魔法使いはオトナなので、話がここで終わってはまずいと機転《きてん》を利《き》かせました。

「分かったわ。私があなたの代わりに舞踏会に行ってあげるわ」

そう言うと、魔法のステッキを一振りして魔法使いはシンデレラに変身しました。しかもシンデレラよりも少しだけ美人に。

そしてその恰好《かっこう》は、シンデレラが大嫌いなお姫様風情のパヤパヤドレス姿《すがた》でした。

「似合《にあ》う？」と魔法使いがポーズを作ると、シンデレラは「吐《は》き気がする」と言いました。

魔法使いは真顔になって「モデルが悪いのよ」と言い返しました。

魔法使いは、近くに捨《す》ててあったハロウィンのコスプレ用のかぶり物を馬車に変え、「今どき馬にひかせたら動物愛護《あいご》団体《だんたい》に怒《おこ》られるかしら」と、電気モーターを付《つ》けました。「場をつないでおくから午前零時までには必ずお城に来るのよ」と念《ねん》を押《お》す魔法使いに、シンデレラは「うん、考えておく」とにっこり作り笑いをしました。

こうして魔法使いは、半分仕方なく、半分ウキウキ気分でお城へと向かいました。

シンデレラになった魔法使いがお城に着くと、舞踏会どころの騒ぎではありませんでした。裸《はだか》でフェンシングしている紳士《しんし》や、ペルシャ絨毯《じゅうたん》にゲロをはく淑女《しゅくじょ》など、もうカオス状態《じょうたい》でした。

悪酔《わるよ》いしたシンデレラの姉たちは、原鳥類《げんちょうるい》のような耳をつんざくけたたましい奇声《きせい》を発していました。

「イカレてる」

魔法使いはそうつぶやきながら、王子様のもとへとやってきました。

待ちくたびれた王子様は、シンデレラになった魔法使いに一言「遅《おそ》い」とあいさつしました。シンデレラになった魔法使いは「どういたしまして」とにっこりあいさつを返しました。

そして二人は、床《ゆか》につっぷした酔《よ》っ払《ぱら》いをステップで踏《ふ》みつけながら踊《おど》り始めました。

シンデレラになった魔法使いは、「近いな」と思いながら王子様の顔をながめていました。

確《たし》かにシンデレラが言うように、王子様はあまりイケメンではありませんでした。

「ぼくの顔に何かついてる?」と王子様がいかにもロマンチックに問いかけました。

シンデレラになった魔法使いは「とってもイケメンだと思って」と笑顔で返しました。

王子様は、まさか魔法使いがシンデレラに化けているとは気づいていないようでした。

しかもシンデレラよりも少しだけ美人に。

突然《とつぜん》、お城の時計の扉《とびら》からゼンマイ仕掛《じか》けの安っぽいハトがとびだして、「ポッポー、ゴゼンレイジダヨ」と間抜《まぬ》けな音声を発し、バタンと閉まろうとする扉に挟《はさ》まってしまいました。

シンデレラになった魔法使いは内心慌《あわ》てましたが、魔法はすぐには解《と》けませんでした。

王子様は「大丈夫《だいじょうぶ》、グリニッジより2分進んでいる」と、どや顔で言いました。魔法使いは「あら、よかったわ」と言いつつ、魔法が解けるまであと2分しかないことに焦《あせ》りました。

へべれけの酔っ払いとけたたましい原鳥類のほかに、シンデレラの影《かげ》は見当たりません。こうなったら正体がばれる前に逃げ出すしかありません。

シンデレラになった魔法使いは「だけど、ハトは救出《きゅうしゅつ》してあげたほうがいいわ」と言い残《のこ》して走り出しました。

王子様はシンデレラになった魔法使いの背中《せなか》に「どうせすぐに捜《さが》し出す」と声を張《は》りました。

シンデレラになった魔法使いは「ガラスの靴履《くつは》いてくるの忘《わす》れた」と笑い去りました。

王子様は、欧米《おうべい》人がやりがちなお手上げポーズで白目をむきました。

シンデレラになった魔法使いがお城の階段《かいだん》を革靴《かわぐつ》で駆《か》け下りると魔法が解け始めました。

急いで階段を駆《か》け下りているうちに、3ドルで買ったステッキを落としてしまいました。

もうステッキを拾いに戻《もど》る時間はありません。顔はすっかり老婆の顔に戻っていました。

王子様は残された安っぽいステッキを手に取り「こんなんじゃ捜せないよ」と困《こま》り顔をしてみましたが、ぜんぜん可愛《かわい》くありませんでした。


あれから三か月。

今日も二羽の原鳥類の奇声が、お庭の小鳥を全部追い払っていました。

シンデレラは、耳栓を鼓膜に押し当て、その不快《ふかい》な振動《しんどう》を止めて昼寝をしていました。

原鳥類の奇声が耳栓を通り越《こ》して、さらにけたたましく鳴り始めました。

シンデレラは石でも投げてやろうかとお庭をのぞくと、そこには王子様一行が来ていました。

王子様はシンデレラを庭に呼《よ》び出し「ガラスの靴は履き忘れるな」と言いました。

シンデレラは「何のことだか？」と肩《かた》をすくめ、きょとん顔で塩対応《しおたいおう》しました。

王子様はステッキを取り出して「これに見覚えは？」とシンデレラに尋《たず》ねました。

シンデレラは「それ私のじゃない。魔法使いのよ」と馬鹿《ばか》正直に答えました。

王子様は「魔法使いの？　こんな安っぽいステッキが？」と聞き返しました。

シンデレラは「ほら、あそこ」と言って、近くのベンチに座《すわ》っていた老婆を指さすと、魔法使いの老婆は「安っぽくて悪かったわね」と言い返しました。

王子様はコホンと咳払《せきばら》いをして、ベンチに座っている魔法使いのもとへとやってきました。

魔法使いが「そのステッキはね、1ドルショップで3ドルも……」と言いかけたそのとき、突然「私と結婚《けっこん》してください」と王子様はステッキを差し出し、魔法使いに求婚《きゅうこん》しました。

魔法使いは白目をむき「いや待て、話がややこしくなる。ていうかそれ私の」と呆《あき》れました。

王子様は改《あらた》まって、真剣《しんけん》な眼差《まなざ》しでこう言いました。

「私は疲《つか》れ果《は》てました。戦争《せんそう》では民《たみ》を失《うしな》い、王室は自分たちのことばかり考えている。夜は乱痴気騒ぎの舞踏会……。このままでは民を幸せにすることなんてできない。民を幸せにするにはあなたのように機転の利いた高齢者《こうれいしゃ》の理知的な助言が必要《ひつよう》なのです」

魔法使いは「高齢者は余計《よけい》」と前置《まえお》きしてから、次のように言いました。

「あなたの考えていることは分かった。でもそれは、恋《こい》とか結婚とかとは違《ちが》う。まず年齢《ねんれい》が違い過《す》ぎる。民を幸せにしたいのなら、まずは一人のニート……じゃなかった若者を幸せになさい。ほら、舞踏会で踊った娘にそっくりの娘がそこにいるじゃないかい。舞踏会のときの娘よりは、そりゃ見劣《みおと》りするけどね。私が生きている間は相談役として助言して差し上げるよ。さあ、お行き」

魔法使いはそう言うと、王子様とシンデレラにやさしくウインクしました。

ステッキを持ったままシンデレラのもとへと向かおうとする王子様に魔法使いは、「これは返して」と魔法のステッキを取り上げました。

王子様はシンデレラに「もう舞踏会は廃止《はいし》する。とりあえず結婚しよう」と求婚しました。

シンデレラは、「結局《けっきょく》ラストはおとぎ話と一緒《いっしょ》なんだね」と冷ややかに返しました。

こうして、王子様とシンデレラはお約束《やくそく》どおりなんとなく結婚し、山あり谷ありの結婚生活を送りました。魔法使いは若《わか》い二人の相談役として、時には機転を利かせながら、正しい道へと二人を導《みちび》きました。王子様が一人前の王様になったころには、シンデレラのニート感もすっかりどこかへと消え去っていました。

数年後、王子様とシンデレラ、それから民に幸せが訪《おとず》れたのを見届《みとど》けて、魔法使いはこの世を去りました。

魔法を失った3ドルのステッキは、今でも二人の宝物《たからもの》です。

シンデレラはお城の窓から遠い空を見上げてつぶやきました。

「ありがとう、お祖母《ばあ》ちゃん」

極楽《ごくらく》のふだ

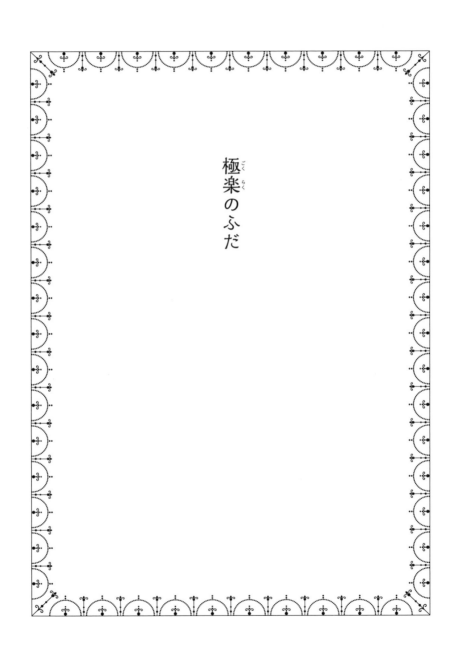

世はむかし、とある霊峰《れいほう》の奥深《おく》くに、大きな寺があった。

その寺では、千人もの僧《そう》が、日々の厳《きび》しい修行《しゅぎょう》に励《はげ》んでいた。

早朝から寺を掃除《そうじ》し、坐禅《ざぜん》のあとは経《きょう》をよみ、雪解《ゆきど》けの滝《たき》に打たれ、切り立った岩々を駆《か》け回り、飯《めし》は少なく、へとへとになって倒《たお》れこんだと思えば、もう朝がきていた。

その寺では、難行《なんぎょう》苦行の末《すえ》に、人はようやく、ありとあらゆる苦しみから逃《のが》れられるのだと教えられていた。


その寺の三人の僧が、修行に疲《つか》れ果《は》て、その意味を見失《みうしな》っていた。

ある日三人は、山を下りて、ふもとの町で遊びに興《きょう》じることを企《くわだ》て、寺のさい銭《せん》を懐《ふところ》に入れ、明け方にこっそりと寺を抜《ぬ》け出した。

しかし、三人とも小僧《こぞう》の時分に寺に入ってからは一度も山を下りたことがなく、道に迷《まよ》ってしまった。

道なき道をさまよっているうちに、しだいに木漏《こも》れ日が消えてゆき、やがて耳の支配《しはい》に包《つつ》まれていった。竹がドゴンとなり、木々がザアとゆれた。

竹やぶの奥のほうに、さびれた御堂《おどう》がぼうと浮《う》かび上がってきた。

三人はその日の下山をあきらめ、御堂で一夜を過《す》ごすことにした。

御堂の重い扉《とびら》をぎひぃと開けると、中に人の気配はなかったが、香《こう》の匂《にお》いがすんと鼻を刺《さ》した。歩き疲れた三人は、いつのまにか堂内で眠《ねむ》りこけていた。

どどろどろんど　どぶろどろ

ふと目を覚《さ》ましたおとこの一人は、いつもの寺の寝床《ねどこ》かと違《たが》えたが、すぐに今に返った。

暗やみの中で、ヘドロのようにどろどろとした念仏《ねんぶつ》の声が、堂内をうねり浸《ひた》している。眼《め》をぎょっと見開いて、あとの二人をゆすり起こした。

暗やみに眼がなれると、一人の坊主《ぼうず》が地獄《じごく》の門を叩《たた》くかのような不気味《ぶきみ》な念仏をとなえていた。

三人ともが目を覚ますと、坊主はひたと念仏をやめ、振《ふ》り向きもせずにこう言った。

「よォこそ　極楽堂《ごくらくどう》へ」

極楽堂の坊主は、か細いろうそくに火をともすと、三人のひざ元に、三枚《まい》のふだをすすりと差《さ》し出した。

極楽堂の坊主の話によれば、この「極楽のふだ」を買えば、苦しい修行などせずとも、誰《だれ》しもが、いとも簡単《かんたん》に、あらゆる苦しみから逃れられ、極楽の地を踏《ふ》めるという。

三枚のふだには、それぞれ「最短《さいたん》のふだ」「最長のふだ」「おためしのふだ」と、墨《すみ》で薄《う》っすらと書かれてある。

極楽堂の坊主は、地獄の底《そこ》から滲《にじ》み出るようなだみ声で、さらにこう述《の》べた。

「最短のふだはァ、苦しみから逃れるまでの時間がァ、最《もっと》も短こゥございィ。最長のふだはァ、苦しみから逃れている時間がァ、最も長ごゥございィ。おためしのふだはァ、一度だけ、苦しみから逃れる体験《たいけん》がァ、できるんでェございィ」

極楽堂の坊主は続《つづ》けてこう言った。

「ふだの御代《おだい》はァ、あァた方の懐の銭《ぜに》、ぜんぶでェございィ」

三人の眼球《がんきゅう》には、ろうそくのか細いともしびと、三枚のふだだけが映《うつ》り込《こ》んでいた。

おとこの一人が、こうつぶやいた。

「どうせあぶく銭や。これで苦しい修行から解放《かいほう》されるんなら……」

三人は、懐の金ぜんぶを極楽堂の坊主に差し出した。

そして、ふもとの町で遊ぶのに持ってきたサイコロで、ふだを選《えら》ぶ順番《じゅんばん》を決めた。

一番目をひいたおとこは、「最短のふだ」か「最長のふだ」かで迷ったすえ、「最短のふだ」を手に取った。

二番目をひいたおとこは、残《のこ》った二つから、迷わず「最長のふだ」を手に取った。

三番目をひいたおとこは、しかたなく、最後に残った「おためしのふだ」を手に取った。


ふと気が付くと、御堂に陽が差し込んでいた。またいつの間にか三人とも眠り込んでいたようだ。堂内に極楽堂の坊主の姿《すがた》はなかった。

一人が「夢《ゆめ》か」とつぶやきながら、目をこすろうとした右手には、一枚のふだをつかんでいた。燃《も》え尽《つ》きたろうそくの煤《すす》が、床《ゆか》に落ちていた。


「最短のふだ」をつかんだおとこと、「最長のふだ」をつかんだおとこが、寺に戻《もど》ることはなかった。

二人は、約束《やくそく》された極楽の人生をふもとの町で送るため、意気揚々《ようよう》と山を下りた。

「おためしのふだ」をつかんだおとこは、二人と一緒《いっしょ》に山を下りることも一瞬《いっしゅん》考えた。しかし、一度だけおためしで苦しみから逃れたくらいでは、あとの二人のように極楽の人生は送れないだろうと思い直し、寺に戻ることにした。

「おためしのふだ」のおとこは、あとの二人に別《わか》れを告《つ》げ、ひとり寺に戻ろうとしたが、行きと同じく、やはり道に迷ってしまった。

「おためしのふだ」のおとこは、寺へ帰る道を見つけられず、何日も何日も、奥深く険《けわ》しい山中をさまよった。小僧の時分からの寺の修行で、そこそこの空腹《くうふく》には慣《な》れていたが、何日も飲まず食わずでは、さすがにまいった。

「おためしのふだ」のおとこが、ふらつき、よろめきながら、道なき道を分け入っていたそのとき、急に目の前が真っ暗になった……。

「おためしのふだ」のおとこは、ちぱちぱしたせせらぎと鳥のさえずりに、意識《いしき》を戻した。頭の傍《そば》を小川が流れていた。

「……ようやく……水が飲める」

小川へと動こうとしたが、両脚《りょうあし》の感覚《かんかく》がなかった。崖《がけ》から転落して、両脚を骨折《こっせつ》したのだと気が付いた。

その場から一寸《ちょっと》も動けないことに、「おためしのふだ」のおとこは、地獄だと思った。すぐそこに小川が流れているのに、水さえも飲めない。とんでもないインチキなふだをつかまされたものだ。苦しみから逃れられる「一度のおためし」すらも体験することなく、死を迎《むか》えようとしているのだから……。

それから三日がたった。

「おためしのふだ」のおとこは、もはや空腹ではなかったし、のども渇《かわ》いていなかった。死の淵《ふち》をさまよい、あらゆる感覚《かんかく》がなくなっていた。薄《うす》れゆく意識の中で死を覚悟《かくご》、いや確信《かくしん》した。

そのときだった。

「まだ息があるぞ！」

三人を捜《さが》していた寺の僧たちが、おとこが崖下に横たわっているのを、からくも発見した。

「おためしのふだ」のおとこは、あらゆる苦しみの感覚が失われた中で、寺の仲間《なかま》たちが助けに来てくれた、そのことだけで、ただただ幸せだった。

冷え切った身体に、助けに来てくれた寺の仲間たちの手の温もりをかすかに感じた。ただそれだけで、すべてが満《み》ち足りていた……。

「おためしのふだ」をつかんだおとこは、その後、齢《よわい》八十まで天寿《てんじゅ》を全うしたが、あらゆる苦しみから解《と》き放たれ幸福に満ち足りた体験は、その一度きりだった。

「最短のふだ」をつかんだおとこと、「最長のふだ」をつかんだおとこは、御堂を出発したその日のうちに、二人とも無事《ぶじ》に下山していた。

そして二人は、約束された極楽の人生を夢見て、懐に一銭も持たぬまま、小僧の時分から一滴《いってき》も飲んだことのない酒を、ふもとの町のフグ料理屋《りょうりや》で飲み明かした。

「最短のふだ」のおとこは、翌朝、苦しむこともなく成仏《じょうぶつ》していた。

「最長のふだ」のおとこは、翌朝に意識を失い、齢百二十で成仏するまで穏《おだ》やかな顔のまま眠っていた。

その原因《げんいん》は、誰《だれ》も知らない。

ほたるひめ

からぁ　からぁ　からぁ

カラスの小唄《こうた》にふと見上げると、棚田《たなだ》をぐるりと囲《かこ》む山々は、いつの間にか夕陽に紅《あか》く染《そ》められていた。

棒《ぼう》が折《お》れ曲がったようなじいさまの田植え姿《すがた》も、だんだんと暗闇《くらやみ》に溶《と》け込《こ》もうとしていた。

「じいさまや、今日はもうここいらで」

天彦《あまひこ》は、じいさまの植えたいびつにゆがんだ苗《なえ》の列に、小さく微笑《ほほえ》んだ。

細くて、しかし節《ふし》くれだった手で、じいさまの角ばった背中《せなか》をやさしく支《ささ》えながら、里山の小さな庵《いおり》へと棚田を後にした。

くる年くる年の夏の大嵐《おおあらし》のせいで、黄金《こがね》色の秋はここ何年も里の棚田に訪《おとず》れていない。

天彦の父親は、書き置《お》きも何も残《のこ》さず、二年前の冬に突如《とつじょ》行方《ゆくえ》をくらました。

天彦は、貧《まず》しくても、ひもじくても、体が痛《いた》くても、苦しみに心が折《お》れそうになっても、じいさまがいる限《かぎ》りは、この里山で生きようと思った。

里山の庵へと続《つづ》く細道を、その脇《わき》を流れる銅金《どうきん》の川のせせらぎと月の薄明《うすあ》かりだけを頼《たよ》りに、天彦とじいさまは重なるように登っていった。

すると、銅金の川の奥《おく》のほうに小さな黄色い光がゆらゆらと見えてきた。細道をさらに進むと、その小さな黄色い光は、銅金の川の草むらにとまっている一匹《いっぴき》のほたるの光だった。

「じいさまや、今年一番のほたるやぁね」

「んん、あぁ」と、じいさまがやさしく呼応《こおう》した。

ほたるの光は暗く弱々しかった。

天彦はじいさまの背中のかごを支えながら、その弱々しい光を眺《なが》めていた。

すると、その一匹《いっぴき》のほたるが草の上からほろりと、銅金の川に落っこちたのが見えた。

「あぁっ」

天彦は思わず銅金の川の深みへと、ざっぽんっと頭から飛《と》び入《い》った……。

そして、川の水を飲み込みながらも、力なく下流に流されていくそのほたるを、間一髪《かんいっぱつ》すくいあげた。

助けてはみたものの、ほたるの光は天彦の手のひらの上で、もう絶《た》え絶《だ》えになり、今にも消えてしまいそうだった。

「おぅい、しっかりしろぃ」

天彦の声が銅金の川の谷に不思議《ふしぎ》にこだました。

すると、その一匹のほたるは、閃光《せんこう》のようなまばゆい輝《かがや》きを放ち、天彦の節くれだった手から勢《いきお》いよく飛び立った。

そして、天彦の頭上をくるりふわりと三回半ほど舞《ま》ったあと、銅金の川の向こう岸に生い茂《しげ》るギザギザの草やぶへと消えていった。


その日の晩《ばん》のこと。

ガッタンゴトリの物音に天彦はふと目を覚《さ》ました。

庵の中はいつも以上に真っ暗で、隣《となり》で寝《ね》ているはずのじいさまの姿もなかった。

天彦はじいさまの姿がないことを不思議とも思わず、物音のした庵の戸口《とぐち》へと歩み寄《よ》った。

天彦が戸口を開けると、黄色い燐光《りんこう》を妖《あや》しく湛《たた》えた一人の女がおぼろと佇《たたず》んでいた。

女は無言《むごん》のまま天彦に背を向け、夜霧《よぎり》の中、銅金の川の方へとスーッと消えていこうとした。

天彦は吸《す》い込まれるように女のあとを追いかけた。

女は音も立てずに銅金の川を越《こ》えると、向こう岸のギザギザの草やぶの中へふわりと消え入った。

天彦は、川底《かわぞこ》の赤土と砂金《さきん》とを巻《ま》き上げながら、ざぱりざぱりと銅金の川を渡《わた》り、天彦よりも背丈《せたけ》の高いノコギリのようなギザギザの草やぶをぎざりぎざりとかき分け入った。

女の放つ黄色い燐光《りんこう》を頼りに深く長いギザギザの草やぶを分け進むと、そこには幾千《いくせん》幾万ものほたるの群《む》れが、うごめく天の川銀河《ぎんが》のように縦横無尽《じゅうおうむじん》に乱舞《らんぶ》していた。

天彦は、しばし呆然《ぼうぜん》と、めくるめく光の乱舞に見とれていたが、光の乱舞のその中心に、妖しく光る女の姿がすうっと浮《う》き上がってきた。

すると、ほたるの光の群れが天空に水瓶座《みずがめざ》をかたどり、天彦の目の前に大きな黄金《おうごん》の水瓶が現《あらわ》れた。

黄金の水瓶からは、琥珀色《こはくいろ》に香《かお》り立つ小麦酒、真っ黒に輝くぶどう酒、虹色《にじいろ》のミックスジュースまでもが、とめどなく湧《わ》いて出てきた。

ほたるの光の群れがしし座をかたどれば、こんがりと焼《や》き目の付いた巨大《きょだい》な猪《いのしし》の骨付《ほねつ》き肉がじゅうじゅうと音を立てて現れ、複雑《ふくざつ》なスパイスの香りを辺《あた》り一面ふんだんにまき散《ち》らした。

ほたるの光の群れが乙女座《おとめざ》をかたどれば、色とりどりの万国の天女たちが舞い降《お》りて、西洋のものとも東洋のものともつかぬ、きらびやかな衣装《いしょう》と音楽をまとい、ほたるの群れを引き連れて艶《あで》やかに大空を乱舞してみせた。

天彦は、貧しさからも、ひもじさからも、体の痛みからも、ありとあらゆる苦しみからも、すべてから解《と》き放たれたときを過《す》ごした。

明けない夜のままお月様が十回ほど昇《のぼ》ったころ、女から「もう行かなくては」と告《つ》げられた。

天彦は「どこへ」と女に問うた。

女は「苦しみのない永遠《えいえん》の光の世界」だとこたえた。

女は微笑んで、天彦をやわらかな黄色い燐光《りんこう》で包《つつ》み込み、寄《よ》り添《そ》うようにして天空へとゆっくり昇っていった。

そのときだった。

天彦は、乱舞するほたるの光に薄っすらと照《て》らされた里山の小さな庵を下界に見た。

「じいさま……」

天彦は我《われ》に返った。

天彦は女に「ごめんなさい、戻《もど》らないと」と一言だけ残して、女の懐《ふところ》から下界へと飛び降りた。

女は下界へと飛び降りた天彦の背中を、赤くにじんだ眼《め》で見つめた。

赤黒い涙《なみだ》が、つるるらと女の頬《ほお》を伝った。

女のこぼした一滴の赤黒い涙は、そのまま下界へと落ちていき、風に流され、乱舞するほたるの一匹にポタリと触《ふ》れ落ちた。

そのとたん、幾千幾万ものほたるの黄色い光が、いっせいに赤黒く憑依《ひょうい》した。

どうにか下界へと着地した天彦は、ギザギザの草やぶをじゃぎりじゃぎりとかき分けて、じいさまの住む庵へと走った。

えも言われぬ後ろめたさと後悔《こうかい》の念《ねん》が、ぬぐいきれない脂汗《あぶらあせ》となって背後《はいご》からへばりついてくる。

赤黒いほたるの大群《たいぐん》が不気味《ぶきみ》な羽音とともに猛然《もうぜん》と天彦の背後から追ってきた。

赤黒い光の大群がうねりを上げてしし座をかたどると、勢いそのまま赤黒い目をした巨大な猪へと変化《へんげ》した。

赤黒い目をした巨大猪は、悲鳴を上げながら背後から突進《とっしん》して天彦の体を宙《ちゅう》に突《つ》き上げた。

天彦は頭から地面に叩《たた》きつけられた。痛みにもだえ転がりながら、赤黒い目をした巨大猪からギザギザの草やぶに身を隠《かく》そうとした。

すると、矢継《やつ》ぎ早に赤黒いほたるの大群の追手がやってきて、天高く射手座《いてざ》をかたどれば、ぼめらぼめらと燃《も》えたぎった幾千もの炎《ほのお》の矢に変化《へんげ》して、天彦めがけて勢いよく一斉《いっせい》に降りそそいだ。


赤黒く燃えたぎる炎の矢の一つが天彦の膝《ひざ》に深く突き刺《さ》さった。

天彦は灼熱《しゃくねつ》の痛みにもだえながら炎の矢を抜《ぬ》き去り、衣《ころも》に燃え移《うつ》ろうとする炎をギザギザの草ではたき消し、銅金の川まで這《ほ》う這《ほ》うたどり着いた。

天彦が気配を消して、銅金の川底の砂金混《ま》じりの赤土をつかみながら、庵へと続く細道へとはい上がろうとしたそのとき……

赤黒く光るほたるの大群が、不気味な星雲のように渦《うず》を巻きながら天彦の頭上を覆《おお》い尽《つ》くし、水瓶座をかたどるや否《いな》や、巨大な赤黒い渦巻き模様《もよう》の水瓶に変化した。

赤黒い巨大渦巻きの水瓶は、上空でぎしりぎしりと不協和音を鳴らしながら傾《かたむ》きはじめ、クジラより何倍もある大きな口をあんぐり開き、一気にダムが決壊《けっかい》したかのような大量《たいりょう》の水を天彦めがけて勢いよく放った。

天彦は、川底の赤土をつかんだまま、巨大渦巻き水瓶の放水に一瞬《いっしゅん》にして飲み込まれた。天彦は薄れゆく意識《いしき》の中で、きらめく砂金がまるでほたるのように、まばゆく水中を舞うのを見た……。


天彦はじいさまの呼《よ》び声に薄っすらと目を覚ました。見なれた庵の細い梁《はり》がぼんやりと見えてくる。

天彦は、草むらから落ちたほたるを助けようと銅金の川の深みへと飛び込んだあの日、川底で頭と膝を強く打って意識を失い、すぐにじいさまに救《すく》い上げられたが、十日ものあいだ庵で生死をさまよっていたのだった。

木彫《きぼ》りの仏様《ほとけさま》のようなじいさまのくしゃくしゃの顔が心配そうにのぞき込んできたのが分かると、天彦の目から涙があふれて止まらなくなった。

「じいさま、ごめんなさい……」
長い　夢《ゆめ》を見ていた。

傷《きず》も癒《い》え、陽の光を浴《あ》びて、再びじいさまと里山の棚田で働《はたら》けるささやかな日常は、貧しくも喜《よろこ》びと幸せに満《み》ちていた。
短いほたるの季節《きせつ》は、もう終わりを迎《むか》えようとしていた。

その日の帰り道、銅金の川の深みに差し掛《か》かったところで、弱々しく黄色い光を湛《たた》えた一匹のほたるが天彦のもとへとやってきた。
その一匹のほたるは、天彦の頭上をくるりふわりと三回半ほど舞ったのち、庵の方角のはるか上空へと昇っていき、ついに夜空へと消えていった。
天彦は、その一匹のほたるの行く先を、静《しず》かに佇《たたず》んで見守った。

そんな天彦の後ろ姿を、ギザギザの草やぶの陰《かげ》から、赤黒い燐光《りんこう》を妖しく湛えたもう一匹のほたるが、じっとりと御覧《ごらん》になっておりました。

——愛《め》でたし。愛でたし。

まぼろしのえさ

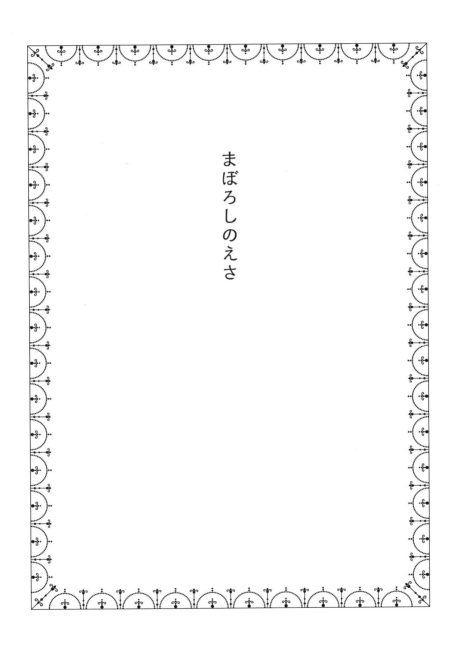

ギジコ　ギリジコ　ギギジリコ

小舟《こぶね》から海原《うなばら》に架《か》ける橋のような竹ざおの先は、小刻《こきざ》みにふるえながら、お宝《たから》のありかを示《しめ》していた。

はね橋のように勢《いきお》いよく大空へとはねあがった竹ざおは、紅《べに》をさしたおおぶりの鯛《たい》と、か細い糸できわどくつながっていた。

そのおとこに、つれない魚はないといわれた。

タチウオのように切れ長い眼光《がんこう》で潮目《しおめ》をよみ当て、カツオのように硬《かた》くて太い腕《うで》で小舟をこぎ、竹ざお一本でどんな魚でもつりあげてみせた。

そのおとこのつりあげた魚は、港の人々の舌《した》をうならせた。

つややかな脂《あぶら》をまとったむくな白身は、宝石《ほうせき》のように七色にてり輝《かがや》き、姿勢《しせい》よくりんと立ったおくゆかしい赤身は、舌の上にのせればあでやかにしなだれた。

小さな港町の男も女も、そのおとこの腕《うで》に酔《よ》いしれた。

月日がながれ、古い小さな港町にも近代化とやらの波がおしよせてきた。

やがておとこは、港のドンとまつりあげられ、広大な漁場《ぎょじょう》を支配《しはい》するようになった。

五百もの船をあやつり、三千もの船乗りをしたがえるようになった。しかしおとこは、けして幸せではなかった。

船は機械化《きかいか》され、探知機《たんちき》の示す信号《しんごう》を追いさえすれば、大漁《たいりょう》が約束《やくそく》された。そして、安い魚が市場に出回り、大量消費《たいりょうしょうひ》されるようになった。

おとこの潮目をよみ当てる鋭《するど》い目も、人々の舌をうならす太い腕も、もはや必要とされなくなった。かつて、タチウオのように眼光鋭かったおとこの目は、次第に死んだ魚のように、その光を失っていった。

おとこは、稼《かせ》いだ金の使いみちもなくなり、酒に沈《しず》んだ日々を送るようになっていた。

そんなある日の夕暮《ゆうぐ》れ、おとこはいつものようにしなびた酒屋の一角で、酒の入ったビンの底《そこ》をぼうとみつめていた。そこへ、緑色のめがねをかけた見知らぬ男がとなりに座《すわ》ってきた。緑色のめがね男は、あいさつもそこそこに、まぼろしの海域《かいいき》にすむまぼろしの巨《きょ》大魚《だいぎょ》の話を語りはじめた。

緑色のめがね男が早口でまくしたてた話はようするに、まぼろしの巨大魚は、クジラのように大きく、しかもサメのように凶暴《きょうぼう》だという。そして、まぼろしの巨大魚をつりあげるには、まぼろしのえさが必要だという。さらにひと呼吸《こきゅう》おいて、緑色のめがね男は、こんどはゆっくりとした口調でこう言った。

「あんたなら、まぼろしの巨大魚を、つれるんじゃないかと思ってね」

緑色のめがね男は、まぼろしの巨大魚のすむ海域を指し示す海図と、まぼろしのえさの調合レシピが書いてある紙きれを持っていた。

おとこは緑色のめがね男に、なんでもくれてやるから、その海図と調合レシピの紙きれをゆずってくれないかと頼《たの》みこんだ。

緑色のめがね男は、ニヤリと笑ってこう言った。

「あんたの持っている五百の船と三千の船乗りとひきかえならね」

おとこに迷《まよ》いはなかった。

酒の入ったビンとともに、すべてをかなぐり捨《す》てた。緑色のめがね男から受け取った海図と調合レシピの紙きれを右手ににぎりしめ、小舟をこぐかいと竹ざおとを左手ににぎりしめた。そして、夜明けを待つことなく、おとこの姿《すがた》は港の浜辺《はまべ》から遠く見えなくなった。

おとこが最後《さいご》に小舟をこいだのも、竹ざおを手に取ったのも、何十年前のことだったろう。外海の小舟の大踊《おおおど》りに、海の男らしからぬ吐《は》き気をもよおしながらも、おとこはなつかしく、心地よかった。

緑色のめがね男から受け取った海図によれば、まぼろしの巨大魚のすむ海域は、港から二百海里も離《はな》れたとある無人島《むじんとう》の南東沖《おき》を指し示していた。

おとこがその無人島に漂着《ひょうちゃく》したころには、体中の水と脂《あぶら》とが干上《ひあ》がり、伸《の》びきった白黒まじりのひげがほおの陰影《いんえい》をより鮮明《せんめい》に描《えが》いていた。

おとこは無人島の浜辺に降《お》り立つと、緑色のめがね男から受け取ったまぼろしのえさの調合レシピの紙きれを取り出した。砂浜《すなはま》に照《て》りつける太陽よりもギラギラとした眼光を差《さ》し向け、調合レシピの紙きれをいちべつした。そして、フンと鼻で笑《わら》い調合レシピの紙きれをくしゃくしゃにしてポイと捨てた。

おとこは振《ふ》り返って無人島の浅瀬《あさせ》をギロリとにらみつけた。そして浅瀬に向けて竹ざおを一振りし、一ぴきのボラをつりあげた。おとこがボラをつりあげるのに、一分とかからなかった。

さらに、無人島の高台によじ登ると、ギラつく眼光でなめるようにぐるりと海原を見渡した。そして、南の沖の海面の一点に視線《しせん》を定めると、休む間もなく南へと小舟を走らせた。

おとこは視線の先の南の沖にたどり着くや否《いな》や、竹ざおを一振りし、今度は一ぴきのマグロをつりあげた。おとこがマグロをつりあげるのに、三十秒とかからなかった。

そして、おとこはいよいよ、緑色のめがね男から受け取った海図が指し示すまぼろしの巨大魚のすむ海域へと、そこから東へ小舟をこぎ出した。

一目散《いちもくさん》に東へと小舟を進めたところで、かいをこぐ手をピタリと止めた。海図が指し示す場所とビリビリとした気配を感じるおとこの嗅覚《きゅうかく》とが、ピタリと一致《いっち》した。

「ここで間違《まちが》いねぇ」

おとこは小舟の上で、ボラとマグロの身を指でくりぬいた。

無人島の浅瀬でつりあげたボラの白身は、七色の光が融合《ゆうごう》して純白《じゅんぱく》につやめき、無人島の南の沖でつりあげたマグロの赤身は、えもいわれぬ深紅《しんく》の色香《いろか》をまとっていた。

まぼろしのえさの調合レシピはいたってシンプルだった。

おとこは、無人島の浜辺で記憶《きおく》した調合レシピどおり、くりぬいたマグロとボラの身を六対四の割合《わりあい》でこね合わせ、ついにまぼろしのえさを完成《かんせい》させた。

まぼろしのえさを針《はり》に刺《さ》した竹ざおの一振りに、まぼろしの巨大魚が喰《く》らいつくのに十秒とかからなかった。

おとこと巨大魚との、長いたたかいが始まった。

ギジコ　ギリジコ　ギギジリコ　ギギリギリジコ……

暗黒色をしたまぼろしの巨大魚は、クジラよりもはるかに大きく、サメよりもずっと凶暴だった。

おとこは、係留綱《けいりゅうづな》のようにかたく両手で竹ざおをにぎりしめ、勢いよく回遊するカツオのように両腕を振り回し、造船所《ぞうせんじょ》の足場のように力強く両足を踏《ふ》ん張《ば》った。暴《あば》れ狂《くる》う巨大魚が生み出す波しぶきの塊《かたまり》が、まるで鉄製《てっせい》の碇《いかり》のように、おとこの体を容赦《ようしゃ》なく叩《たた》きつけた。

水も脂も干上がったはずのおとこの体からは重油のようなドロドロとした脂汗《あぶらあせ》がたれ流れ、伸びきった白黒まじりのひげは引きちぎれた帆《ほ》のように宙《ちゅう》を舞《ま》った。

両雄《りょうゆう》ともに一歩も退《ひ》かなかった次の瞬間《しゅんかん》……

プィンッ

長い長いたたかいの軍配《ぐんばい》は、ついにまぼろしの巨大魚にあがった。おとこが生まれてはじめて、えものを逃《のが》した瞬間だった。まぼろしのえさは、巨大魚の胃袋《いぶくろ》へと消えていった。

おとこはくやしさを顔ににじませ、がっくりと海面にうなだれたが、しばらくすると晴れやかな表情で大空を見上げた。

港に戻《もど》り、若《わか》かったあのころのように、小舟と竹ざお一本で、自分にしかつれない最高の魚を追い求《もと》めて生きて行こうと、そう心に決めたのだった。

おとこが故郷《こきょう》の港へと向かって小舟をこぎ出したそのときだった。

背後から巨大な影《かげ》がおおいかぶさり、おとこの視界《しかい》は一瞬にして暗黒のやみの中へと飲み込《こ》まれていった……。

そのころ港では、まぼろしの巨大魚を求めて港から姿を消したおとこのうわさでもちきりだった。港の男も女も、きっとおとこがまぼろしの巨大魚をつりあげて、じきに港に帰ってくると、皆《みな》が信《しん》じ、そう望《のぞ》んでいた。

おとこが港から姿を消したとたんに、港の男も女も、おとこが小舟と竹ざお一本でつりあげる最高の魚をもう一度食べてみたいと、皆が欲《ほっ》しはじめたのだ。しかし、おとこが港に戻ってくることは、もう二度となかった。

巨大な影が去ったあと、小舟の周《まわ》りには、大・中・小の色とりどりの魚たちが集まってきてざわめきたち、そしていつのまにか去っていった。

竹ざおと身のくりぬかれたマグロとボラだけを乗せた小舟が、大海原に静かに漂《ただよ》っていた。やがて小舟が朽《く》ち果《は》てて海のもくずと消えるまで、魚たちは小舟の周りに何度も何度もやってきた。しかし、魚たちが海にはないまぼろしのえさにありつけることは、もう二度となかった。

鬼《おに》退《たい》治《じ》

桃《もも》の花が一斉《いっせい》に開花した庭先で、おとこは一通の書状《しょじょう》をながめていた。楊枝《ようじ》をくわえたまま、その日は好物の団子《だんご》に手が伸《の》びなかった。

おとこが剣《けん》を一振《ひとふ》りすれば、宙《ちゅう》を舞《ま》う落ち葉も真っ二つに斬《き》り裂《さ》かれた。

おとこに剣の腕試《うでだめ》しを申し込《こ》む者などいなかった。

おとこが身にまとう妖力《ようりょく》めいた殺気《さっき》に、どんな相手も怖気《おじけ》づいて逃《に》げ出した。

おとこは当代随一《ずいいち》の剣豪《けんごう》といわれた。

そのころ町では、離《はな》れ小島に住む鬼たちが、近々海を渡《わた》って町を襲《おそ》ってくるとの噂《うわさ》が流《る》布《ふ》されていた。町は大混乱《こんらん》に陥《おちい》り、商人は暖簾《のれん》を下ろし、農民《のうみん》は田畑を捨《す》て、武士《ぶし》は他所《よそ》の国へと離反《りはん》し、やがて町は閑散《かんさん》としていった。

そんな折《おり》、おとこのもとへ、城《しろ》の殿様《とのさま》から一通の書状が届《とど》いたのだった。

「離れ小島の鬼を討伐《とうばつ》せよ」と。

およそ四万年前まで、この国はもともと、鬼の住む列島だった。三万八千年ほど前に大《たい》陸《りく》から海を渡ってきたこの国の祖先《そせん》が、各地《かくち》に棲《す》む鬼を武力でもって弾圧《だんあつ》し、その領地《りょうち》を次々と奪《うば》っていった。

その後、この国の祖先は、各地で抵抗《ていこう》を続《つづ》ける鬼側《おにがわ》と和睦《わぼく》を結《むす》び、離れ小島に鬼の楽園を作ることにして、全国各地の鬼を離れ小島一か所に集め、その安全を約束《やくそく》したのだった。そして今日まで、離《はな》れ小島の鬼たちと本土の人間は、良好《りょうこう》な関係《かんけい》を維持《いじ》してきた。

おとこは解《げ》せなかった。

翌日《よくじつ》、おとこは城に参上《さんじょう》し、天守から離れ小島を遠くながめる殿様に、背後《はいご》からこう述《の》べた。

「誰《だれ》が流した風説《ふうせつ》か存《ぞん》じ上げませぬが、離れ小島の鬼どもが町を襲うなど、にわかには信《しん》じられませぬな」

殿様は、おとこに背《せ》を向けたまま、こう述べた。

「風説を流したのは、このわしじゃ。

しかし、こうまで天下が乱《みだ》るとは……いささか勘定違《かんじょうちが》いじゃった」

おとこは問うた。

「なにゆえ、かような風説を、殿が」

殿様はこう答えた。

「これよりは異国《いこく》との交易《こうえき》の時世《じせい》じゃ。離れ小島に鬼がいたのでは、異国船がものおちて港に寄《よ》り付《つ》かぬ。しかも、離れ小島の沖は豊かな漁場《ぎょじょう》じゃ。鬼にはもったいなかろう。鬼を討伐しようにも、民《たみ》に得心《とくしん》させる由《よし》が要《い》るのでな……おぬし、頼《たの》んだぞ」

殿様は、離れ小島を遠くながめたまま、終始《しゅうし》おとこへ顔を向けることはなかった。

当の世では、殿様の下命《かめい》は絶対《ぜったい》であった。殿様は、おとこの護衛役《ごえいやく》という名目で、三人の侍《さむらい》を同行させることにした。

実のところは、この三人の侍は護衛役というよりも、おとこが殿様の命《めい》に背《そむ》かぬよう、むしろ御目付《おめつ》け役であった。もとより、一介《いっかい》の侍たちに、当代随一の剣豪の護衛など、務《つと》まるわけもなかった。

おとこは気乗りしないまま、満開《まんかい》の桃の木の下で祖父母に別《わか》れを告《つ》げ、三人の侍を連《つ》れて、離れ小島へと舟を出した。波に揺《ゆ》られながら、祖父母に渡された好物の団子を四人でほおばったが、味という味がしなかった。

離れ小島には、わずか十数頭の鬼たちが、三軒《さんげん》のぼろ屋に、親子三世代、貧《まず》しくも仲良《なかよ》く暮《く》らしていた。

かつて、離れ小島には百頭ほどの鬼たちが棲んでいたが、度重なる天災《てんさい》や疫病《えきびょう》、飢饉《ききん》などで、かなり頭数を減《へ》らしていた。

何も知らない離れ小島の鬼たちは、本土からやってきた四人の珍客《ちんきゃく》を、快《こころよ》く出迎《でむか》えた。鬼たちは四人のために、三軒三世代総出《そうで》で、夜には歓迎《かんげい》の酒盛《さかも》りを開いてくれた。

鬼たちが仕込んだ「おにごろし」という島伝承《しまでんしょう》の鬼酒《きしゅ》は、度数は高めだが、人間が作る酒よりもはるかに旨《うま》かった。また、鬼たちが仕込んだ島伝承の魚の燻製《くんせい》は、臭《くさ》みがなく、人間が作る家畜《かちく》の燻製の風味をはるかに上回っていた。

さすがは鬼と呼《よ》ばれるだけあって、子鬼はともかく、成体《せいたい》の鬼の強じんな肉体とその怪力《かいりき》ぶりは、文字どおり人間離れしていた。

おとこは、まともに鬼たちとやり合ったのでは、あとの三人を犬死にさせるだけだと考えた。歓迎の宴《うたげ》が終わり、鬼たちが寝静《ねしず》まった丑三《うしみ》つ時、おとこはしずかに刀を抜《ぬ》いた……。

翌日《よくじつ》、四人は船で本土に戻《もど》り、城の殿様に謁見《えっけん》した。そして、離れ小島の鬼たちを、一頭残《のこ》らず根絶《ねだ》やしにしたことを奏上《そうじょう》した。

話はまたたく間に町に広まり、商人は再び暖簾を掲《かか》げ、農民は田畑に戻り、離反した武士たちも、鬼退治を果たして町を守った殿様の名声のもとに再び集まってきた。

鬼を怖《おそ》れて港に入ろうとしなかった異国船との交易が始まり、鬼の縄張《なわば》りであった離れ小島の豊かな漁場での漁《りょう》も始まるなど、町はこれまで以上《いじょう》に活気づいた。

鬼退治を果たした四人は、鬼の襲撃《しゅうげき》から町を守った英雄《えいゆう》として、人々に迎えられた。

大喜びした殿様は、四人にあふれんばかりの金銀財宝《ざいほう》の褒美《ほうび》を与《あた》えようとした。おともも、そして犬飼《いぬかい》、猿飼《さるかい》、鳥飼《とりかい》という姓の三人の侍も、ともに褒美を辞退《じたい》して受け取らなかった。

四人の鬼退治の話は、数々の逸話《いつわ》で彩《いろど》られて全国に広まり、勧善懲悪《かんぜんちょうあく》の物語として後世に語り継《つ》がれた。

城を出た四人は、皆、一様に刀を捨てて侍を辞《や》め、農村や漁村に散らばり、家族を持つこともなく、ひっそりと暮らした。そして、離れ小島での出来事を、生涯《しょうがい》口にすることはなかった。

四人は、離れ小島でさいごに命乞《いのちご》いをしてきた子鬼の涙を、生涯忘《わす》れることはなかった。

ぼくのおかあさん

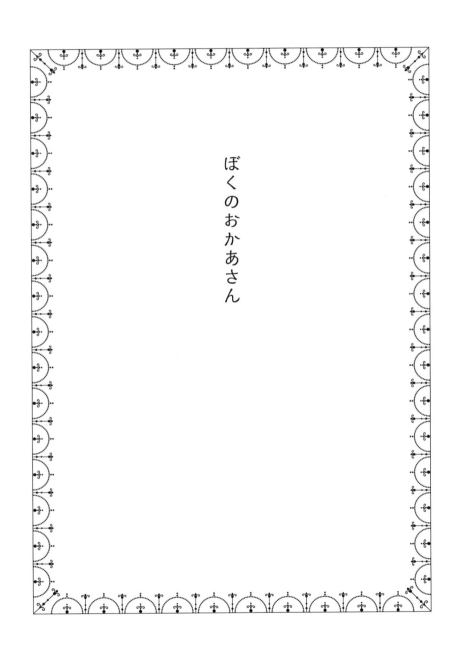

しひゅるぅ　ひゅるうるぅ
じいちゃのはくいきは、冬のすきま風のようでした。
となり村のおいしゃさまは、おくすりをくれませんでした。
なきながらゆさぶっても
じいちゃは目をひらきませんでした。

その日の夜。
まくらもとのろうそくのともしびといっしょに、じいちゃはきえてなくなりました。
ぼくはひとりぼっちになりました。

ぼくのおかあさんはいません。
白黒のしゃしんでしか、おかあさんをしりません。
ぼくのおかあさんは、ぼくが生まれてすぐに、遠いところへいってしまいました。
そうおしえてくれたのは、じいちゃでした。

つぎの日、ぼくはしんだじいちゃをおんぶして、うら山にのぼっていきました。
雪をかきわけて、土でじいちゃのおはかをつくりました。
じいちゃのおはかができたころには、お日さまもきえていなくなっていました。
ぼくはじいちゃのおはかの目じるしがほしいとおもいました。

しげみのおくのほうに、赤い木のみがなっているのが見えました。
赤い木のみのえだをおはかにさしたら、おはかの目じるしになるとおもいつきました。
ぼくは、くらいしげみのおくへと入っていきました。

くらいしげみをわけいって、ようやく赤いみの木にたどりつきました。
おおきな木に赤いみがたくさんなっていました。
赤いみの木の下には、ちいさなほこらがありました。
ぼくはほこらのまえで、手をあわせておいのりをしました。
きゅうにさみしくなって、なみだがるるると、こぼれてきました。

いってきのおおつぶのなみだが、ほこらの石にぽちたりとおちました。

すると赤い木のみがいっせいに、ぼんやりと光りはじめました。

とてもやさしくて、でも力づよい、しずかな光でした。


ぼくは光る赤いみの木のえだをおはかにさしたら、じいちゃが生きかえるかもしれないとおもいました。

光る赤いみの木のえだをおって、いそいでじいちゃのおはかへと走りました。

そして赤いみの木のえだを、じいちゃのおはかにさしました。

えだについた赤いみは、もう光ってはいませんでした。

そして、じいちゃが生きかえることもありませんでした。


じいちゃがいなくなってから、食べるものがなくなりました。

もう、おなかがすいているのかも、よくわからなくなってきました。

ぼくの体も、しんだじいちゃみたいに、ほそくちいさくなりました。

いろりのそばのたたみをほどいて食べようとしたけれど、かたくてかめませんでした。

なんだかねむたくなってきました……。

ぐたつ　ぐだつ　ぐだたつ
もの音がして目をさますと、いろりのうえになべがつるしてあり、ひとりの女の人がいろりのそばにすわっていました。

その女の人は、白黒のしゃしんの女の人とそっくりでした。

ぼくはすぐにわかりました。

「おかあさん！」


おかあさんは、ぼくがねむっているあいだに、いろりの火でなべをたいてくれていました。なべのなかには、うら山にあった赤い木のみがたくさん入っていました。

あつあつの赤い木のみは、おこめよりもふっくらして、さつまいもよりもあまみがありました。

ぼくがむちゅうになって赤いみを食べているうちに、おかあさんはいつのまにか、いなくなっていました。

ぼくはあわててそとへとびだすと、おかあさんはいっぴきのイノシシをかたにかついで、もどってきました。
おかあさんは赤い木のみだけじゃたりないとおもって、ぼくのためにイノシシをつかまえてきてくれたのでした。
イノシシのおにくは、ほどけるようにやわらかくて、あぶらのあまみがお口いっぱいにひろがりました。

おかあさんのおりょうりで、ぼくはおなかも心もいっぱいになりました。

きっと、ひとりぼっちになったぼくをかわいそうだとおもって、遠いところから帰ってきてくれたんだ。

ぼくの
おかあさん。

やがて、春がおとずれました。

ある日、おかあさんといっしょに、じいちゃのおはかまいりにうら山へでかけました。

おはかにさしていたはずの目じるしの赤いみの木のえだは、どこにもありませんでした。

けしきもかわっていて、じいちゃのおはかがどこだったか、わからなくなってしまいました。

すると、おかあさんが、じいちゃのおはかのばしょをすぐにさがしあててくれました。

ぼくはこんどこそ目じるしになるように、赤いみの木のえだを、じいちゃのおはかに、もういちどさそうとおもいました。

そして、おかあさんといっしょに、しげみのおくのほこらのほうへと、入っていきました。

ぼくはうんとせのびして、手をのばして、ようやく赤いみの木のえだがとれました。

「おかあさん、とれたよ」

とふりかえると、おかあさんはいつのまにか、いなくなっていました。

あわててしげみのなかをさがしまわると、おかあさんは色とりどりのきのこや山《さん》さいを、りょう手にかかえてもどってきました。

なかにはどくどくしいまっ赤なきのこや、むらさき色の山さいもまじっていました。

でもぼくのおかあさんは、食べられるものか、どくのあるものか、ぜんぶ知っていました。

おはかに目じるしのえだをさして、おまいりをすませた帰り道、村のりょうしさんに会いました。

村のりょうしさんはぼくたちに気づいて、とてもびっくりしたようすでした。

きっと、見たことのない、色とりどりのきのこや山さいを見て、びっくりしたんだとおもいました。

やがて、夏がおとずれました。

ある日、おかあさんといっしょに、じんじゃのおまつりにでかけました。

じんじゃのあかりが見えてくると、どどんどひゃろらのふえたいこがきこえてきました。

じんじゃのとりいのおくのほうで、ゆかたすがたの村人たちが、お火たきの火ばしらをかこんで、たのしそうにおどっていました。

ぼくもたのしくなってきて、とりいをくぐり、村人たちのところへかけよって、お火たきのまわりでいっしょにおどりました。


お火たきの火ばしらが、ばるぼほぅっと、いちだんとうずたかくもえあがったとき、おかあさんがいないことに気がつきました。

あわててさがしまわると、おかあさんがとりいの外にいるのを見つけました。

その日、おかあさんがとりいをくぐってなかへ入ることはありませんでした。とりいのまえで、じっと遠くを見つめていました。

きっとおかあさんは、とりいのまえで、しんだじいちゃのおまいりをしているのだとおもいました。

ぼくもおかあさんといっしょに、とりいのまえでおまいりすることにしました。

ふと気がつくと、さっきまでお火たきのまわりでおどっていた村人たちが、ぼくたちのほうをゆびさして、白しょうぞくのかんぬしさまと、なにかひそひそと話していました。きっと、おまいりしているぼくたちのことを、ほめてくれているのだとおもいました。

やがて、秋もすぎようとして、冬が近づいていました。

ある日、今年さいごのじいちゃのおはかまいりに、おかあさんとうら山にでかけました。おはかの目じるしにさしていた赤いみの木のえだはなくなっていましたが、おかあさんがすぐにおはかのばしょを、さがしあててくれました。

ぼくはこんどこそとおもって、ほこらのあるしげみに入って赤い木のみのえだをとっているうちに、またおかあさんがいなくなっていました。

あわててしげみのなかをさがしまわると、おかあさんはきずだらけになって、いっぴきのイノシシをかたにかついでもどってきました。

そしてしげみのさらにおくのほうのじめんに、ふかくあなをほって、そのイノシシをうめて、土でかくしてしまいました。
ぼくはおかあさんが、イノシシを食べるのがかわいそうになって、イノシシのおはかをつくってあげたのだとおもいました。

そしてすぐに、さむいさむい冬がおとずれました。
何日もふぶきがつづいて、食べるものがなくなり、ぼくははらぺこになりました。
ぼくはきょねんしんだじいちゃみたいに、またほそくちいさくなっていきました。
見かねたおかあさんは、ふぶきのなか、うら山へと食べものをさがしにいきました。
なんだかねむたくなってきました……。

がとつ　ごたつ　がたごつ
もの音がして目をさますと、げんかんの戸口《とぐち》があいていて、村のりょうしさんと白しょうぞくのかんぬしさまが目のまえに立っていました。
村のりょうしさんは、おまえのおかあさんがあぶない、といいました。

白しょうぞくのかんぬしさまは、おかあさんの行き先をあんないするように、といいました。

ぼくはおかあさんがうら山で、なにかきけんな目にあっているのだとおもいました。

ぼくは、おかあさんをたすけなきゃとおもいました。

なんとか力をふりしぼって、二人をうら山にあんないすることにしました。


ふぶきのなか、二人をつれて、うら山をのぼっていきました。

おかあさんはきっとこのあたりだとおもって、ほこらのあるしげみのなかへと二人をあんないしました。

たくさんなっていた赤い木のみは、ぜんぶ風でふきとばされて、ひとつものこっていませんでした。


三人で手わけして、しげみのなかでおかあさんをさがしまわりました。

しげみのさらにおくのほうに、おかあさんがしゃがんでいるのを、ぼくが見つけました。

おかあさんは、はらぺこのぼくのために、秋のおわりにあなをほってうめていたイノシシをほりおこしてくれていたのでした。

「おかあさん！」

ぼくのこえに気づいた二人も、こちらにかけよってきました。

よかった　もうだいじょうぶ。

そのとき、白しょうぞくのかんぬしさまが、「ダダルラルラ……」と、ぶきみなじゅもんのようなものをとなえはじめました。

すると、おかあさんのおしりのあたりに、どうぶつのしっぽのようなものが、ぼんやりとうかびあがってきました。

村のりょうしさんは、やっぱりな、とひとことつぶやくと、もっていたりょうじゅうをかまえ、つぎのしゅんかん、ぼくの耳のあなが「パツァーン！」と、はれつしそうになりました。

どうぶつのしっぽのようなもののまわりの雪が、みるみる赤くそまっていきました。

そして
おかあさんのすがたが
おしりのほうから
きつねのすがたに
すうっと
かわっていきました。

ぼくは
おかあさんが
りょうじゅうで
うたれたのだとわかりました。
そして
おかあさんが
きつねだったことも……。

ぼくは、おかあさんのもとへとかけより、
二人にむかって「うたないで！」と、さけびました。
白しょうぞくの男は、それはおまえの母親じゃない、きつねのおばけだ、といいました。
りょうしの男は、おまえの母親は、おまえが生まれてすぐにしんだ、といいました。

ぼくは、もういちどさけびました。
「ちがうっ、ぼくのおかあさんっ！」
りょうしの男は、なにもいわず、もういちどりょうじゅうをかまえました。
りょうじゅうの先のまるいあなが、とてもおおきく、まんまるく見えました。

おかあさんを　まもらなきゃ。

ぼくはとっさに、りょうしの男にむかって、とびかかろうとしたまさにそのとき……

ぼくの右うでが、うしろからがしりと力づよくつかまれて、とびかかることができませんでした。

おかあさんの右手が、ぼくの右うでをしっかりとつかんでいたのでした。

そのとき、すっかりきつねのすがたになったおかあさんの右手だけが、人間の手の形をのこしていました。

そして
もういっぱつのじゅうせいが
うら山ぜんたいに
いくえにもこだまして
ひびきわたりました……。

やがて、春がおとずれました。

ぼくはじいちゃのおはかのすぐとなりに、もう一つのおはかをつくりました。

赤いみの木は、冬のふぶきでたおれてしまい、もう、目じるしとなるえだもありません。
なにもかもが、きえてなくなってしまいました。

だけど
ぼくはつよく
そしてやさしく
生きていこうとおもいました。
ぼく の
おかあさんのように。

人魚の赤い涙《なみだ》

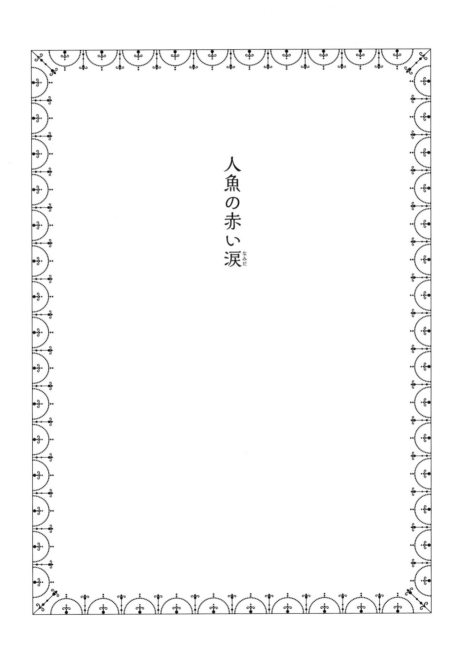

やつは岩陰《いわかげ》に隠《かく》れた。
まだ一分はもつだろう。
少年は気配を消して岩へと泳いだ。
そして、岩陰に手を回し、やつの足をぐにゃりとつかんだ。
少年はやつを逃《に》がすまいと、岩陰に回り込《こ》みながらつかんだ足をぐいと引き寄《よ》せた。
やつの八本足をつかんだのは少年だけではなかった。
「放《はな》して。私《わたし》のよ」
やつの別《べつ》の足をつかんでいたのは小さな人魚だった。
二人はしばしにらみ合い、見つめ合った。
少年は、もう息が持たないことを悟《さと》った。
「なんだ人魚か。くれてやらぁ」
少年はそう言うと、つかんだ一本の足をちぎり離《はな》して、海面に浮上《ふじょう》した。
そして岩場で、ちぎった足にかじり付《つ》いた。
足の吸盤《きゅうばん》が、少年の頬《ほお》や口に張《は》り付いた。
女の子の顔が海面からざばりと浮《う》かび上がった。

女の子の顔は波の光を反射《はんしゃ》して、きらきらと輝《かがや》いて見えた。

「さっきはありがとう。お礼を言うわ」

少年は吸盤と格闘《かくとう》しながら、眉《まゆ》を吊《つ》り上げ、首を傾《かたむ》けてあいさつした。

頬に吸《す》い付く吸盤を外そうとするも、なかなか外れない。

それを見た女の子はケタケタと笑《わら》って、また海に潜《もぐ》った。

海面から魚の形をした尻尾《しっぽ》が跳《は》ねたのが一瞬《いっしゅん》だけ見えた。

二人が淡《あわ》い時を過《す》ごしたのは、それから少年が港を離れるまでの一週間だけだった。


――十年後。

西インド会社の海軍大佐《かいぐんたいさ》が、ドアの前で咳払《せきばら》いをして、提督《ていとく》の部屋をノックした。

「入りたまえ」

提督は背中《せなか》を向けたままグラスにウイスキーを注いだ。

「きみの任務《にんむ》は？」

ウイスキーの入ったグラスが、大佐の前の机《つくえ》に差《さ》し出された。

大佐は椅子《いす》に腰《こし》かけず、直立不動《ふどう》のまま目を泳がせ、天井《てんじょう》を仰《あお》いで答えた。

「インド航路《こうろ》の開拓《かいたく》であります……」

提督はもう一つのグラスにウイスキーを注いだ。

「パーフェクト」

提督は椅子に腰かけ、グラスを回すようにゆっくりと揺《ゆ》らした。

「羅針盤《らしんばん》でも壊《こわ》れているのか?」

大佐は息を飲んで、再《ふたた》び天井に目を逸《そ》らせて、小声で漏《も》らした。

「……パイレーツ……マーメイド……」

提督は突如《とつじょ》、天井に向けて短銃《たんじゅう》をダホンッと発砲《はっぽう》し、ゆっくりと首をかしげた。

廊下《ろうか》の衛兵《えいへい》がごくりと唾《つば》をのんだ。

「海賊《かいぞく》と人魚が……どうかしたか?」

大佐の額《ひたい》から脂汗《あぶらあせ》がにじみ出る。

「いえ……、問題ありません」

天井の弾痕《だんこん》から木くずがぞぼろと落ちて、大佐のウイスキーの上に浮かんだ。

「パーフェクト」

提督は、短銃をそっとしまってこう続《つづ》けた。

「一週間だ。いいな？」

大佐は木くずの浮かんだウイスキーをそのまま一気に飲み干《ほ》した。

「Yes, sir!」

当時、インド航路上の人魚が、美しい歌声で付近の海域《かいいき》を通過《つうか》する船を難破《なんぱ》させると噂《うわさ》されていた。

西インド会社の海軍も、怖気《おじけ》づいて人魚の棲《す》むルートに近づこうとはしなかった。

インドへ向かう別のルートは、海賊が支配《しはい》しており、いずれも航路の妨《さまた》げとなっていた。

大佐の率《ひき》いる八隻《はっせき》の海軍艦隊《かんたい》は即日《そくじつ》出航し、迷《まよ》った末《すえ》に人魚の棲むルートへと舵《かじ》を切った。

大佐は、舵を切って間もなく、海兵隊《かいへいたい》全員に一斉《いっせい》に聴力検査《ちょうりょくけんさ》を行わせた。

そして、先頭の艦船《かんせん》の船首《せんしゅ》に、海兵隊の中で最《もっと》も耳のいい隊員を配置《はいち》した。

「いいか、聴《き》こえたらすぐに報《しら》せろ」

艦隊は速度を落としながら、徐々《じょじょ》に人魚の棲む海域へと近づいていった。

「ここからは総員《そういん》静《しず》かにしろ」

甲板《かんぱん》は静寂《せいじゃく》に包《つつ》まれた。

艦隊は少しずつ慎重《しんちょう》に前に進んでいく。

そのとき、船首に配置された海兵隊員が、慌《あわ》てた様子で右手を挙《あ》げて、バタバタと旗《はた》を振《ふ》った。

「総員、機関停止《きかんていし》！」

八隻の艦隊が人魚の棲む海域を取り囲《かこ》むようにして停止した。

「聞こえたか？」

大佐が船首の海兵隊員に歩み寄った。

「はい……、これまでに聞いたことのないような美しい歌声でした……」

「総員、配置に就《つ》け！」

八隻の艦隊の砲台《ほうだい》が人魚の棲む海域へと一斉に旋回《せんかい》する。

「撃《う》て！」

八隻の艦隊から人魚の棲む海域めがけて、一隻あたり三つ、合計二十四の砲弾《ほうだん》が放たれた。その砲弾は空中で破裂《はれつ》したかと思うと、巨大な網《あみ》となって海域に舞《ま》い降《お》りた。網に繋《つな》がれた鉛《なまり》の重みで、二十四の巨大な網は海中へと沈《しず》みこむ。

「右四隻、面舵《おもかじ》いっぱい！」

「左四隻、取り舵いっぱい！」

八隻の艦隊は、左右に分かれて旋回を開始した。

「総員、網を引け！」

八隻の艦隊の海兵隊員たちは、二十四の網を必死《ひっし》に引き上げた。

海藻《かいそう》や魚が次々と引き上げられる中、魚影《ぎょえい》とも人影《ひとかげ》ともつかぬ陰影《いんえい》が海中に浮かび上がってきた。

大佐は、身を乗り出して海中の陰影に目を凝《こ》らした。その陰影は、海面に浮上《ふじょう》するまでもなく、人魚のそれに違《ちが》いなかった。

二十四の網のうちの一つが、人魚を生け捕《ど》りにした。

艦船内の大佐の部屋に、巨大な水槽《すいそう》が運ばれてきた。

水槽内には、生け捕りにされた人魚が入れられている。

「悪く思うな。提督の命令《めいれい》だ。我々《われわれ》はインドへの安全な航路が確保《かくほ》できればいい。望《のぞ》みはそれだけだ。我々のインドへの航路は二つしかないのはご存《ぞん》じだろう。海賊か人魚、どちらかに道を譲《ゆず》ってもらう必要《ひつよう》がある。お分かりかな？」

大佐はしばらく人魚と話を続けた後、海兵隊員を部屋に呼《よ》んだ。

「海に逃がしてやれ」

大佐は水槽に近づいて、最後に人魚にこう告《つ》げた。

「約束《やくそく》は必《かなら》ず守る」

人魚の入った水槽が部屋から運び出された。

そして、大佐は、海兵隊員にそっと耳打ちした。

——二日後。

海賊船の甲板では、昼間から海賊たちがラム酒を片手《かたて》にヨーホーと陽気に歌っていた。

海賊たちの野太い歌声に、甲高い歌声がふいに混《ま》ざる。

「ん？　女か？」

「誰だ、船に女を連《つ》れ込んだやつは？」

甲板に女らしき姿《すがた》はない。

「気のせいか」

海賊たちが再びヨーホーと歌い出すと、こんどは女の美しい歌声がはっきりと聞こえた。

海賊たちは、互《たが》いに顔を見合わせ、ひたと歌うのをやめた。

耳をすますと、女の美しい歌声は、深く海の中から聞こえてくる……。

「マーメイッド!!」

「面舵いっぱい！」

海賊たちは、慌てて進路を変えようとした。

辺《あた》りには暗雲が立ち込め、海は巨大な渦を巻《ま》きながら大きくうねりだした。

暗雲は巨大な渦巻き雲と化して、横殴《よこなぐ》りの嵐《あらし》を巻き起こした。

人魚の美しい歌声は、次第に不協《ふきょう》和音と化《か》して海賊船をぎしみしと共振《きょうしん》させていく。

そしてついに海賊船は、ばしりだしりと音を立て、中央から真っ二つに崩壊《ほうかい》した。

海賊たちはとぐろを巻いた冷たい冬の海に投げ出され、次々と凍《こご》え死んでいった。

海賊船のキャプテンのおとこは、帆《ほ》の先端《せんたん》に登り、なす術《すべ》もなく事態《じたい》を見守っていた。

やがて、真っ二つになった船体は海に飲み込まれ、帆もゆっくりと渦に巻き込まれていった。

おとこは巨大な暗黒の渦巻きに、海中へと引きずり込まれていった。


おとこは海面に浮上しようと、巨大な渦巻きに抵抗《ていこう》し、沈みゆく帆をつかんだ。そのとき、おとこは一人の人魚と目が合った。

それは十年ぶりの再会《さいかい》だった。

二人はしばしにらみ合い、そして見つめ合った。

おとこは、もう息が持たないことを悟った。

「なんだ人魚か。くれてやらぁ」

おとこはそう言うと、帆を手離し、海底《かいてい》へとゆっくり沈んでいった。

人魚は海賊船の残骸《ざんがい》を後にして、涙を海に溶《と》け込ませながら、人魚の棲みかへと向かった。棲みかの辺りの海域へ戻ると、家族や仲間の人魚が皆殺《みなごろ》しにされ、海面を漂《ただよ》っていた。人魚の棲みかは、主力の人魚が海賊船を襲《おそ》っているうちに、跡形《あとかた》もなく破壊《はかい》されていた。海底には、西インド会社の海軍の艦船が三隻沈んでいる。

人魚は、真っ赤に染《そ》まった涙をたなびかせて、どす黒い海中へと深く深く潜っていった。

こうして西インド会社は、インドへの航路を二つとも同時に手中に収《おさ》めた。大佐はその功績《こうせき》を称《たた》えられ、提督から、西インド会社総督《そうとく》の地位を授《さず》けられた。しかし、西インド会社の商船は必ず謎《なぞ》の嵐に襲われ、インドへとたどり着く前に悉《ことごと》く沈んだ。

その後も、西インド会社の商船がインドへたどり着くことは一隻たりともなかった。

翌年《よくねん》、大佐は航行上の責任《せきにん》を取らされて処刑《しょけい》され、西インド会社は解体《かいたい》された。

蜘蛛《くも》の糸

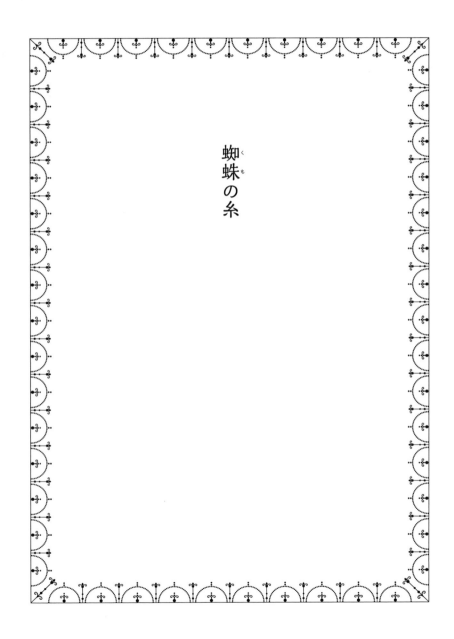

ぎしゃり　ぎりしゃり　ぎぎしゃるり
呉服屋《ごふくや》のおとこに嫁《とつ》いだコブは器量《きりょう》こそ悪いが働《はたら》き者だった。
朝から晩《ばん》までせっせせっせと糸車を回した。
コブの紡《つむ》いだ糸は、得《え》も言われぬ異様《いよう》な毒々《どくどく》しさを放っていた。

コブの紡いだ糸で織《お》られた反物や着物もまた毒々しかった。

悪目立ちするコブの反物や着物は一向に売れなかった。

呉服屋のおとこは、そんなことは気にも留《と》めず、朝から晩まで遊び呆《ほう》けていた。

しかし、先代からの蓄《たくわ》えが底《そこ》をつくと、少しは考えようかという気にはなった。


そのころ町には、美しい糸を紡ぐと評判《ひょうばん》の糸屋があった。

呉服屋のおとこは、その美しい糸を一目見てやろうと糸屋の暖簾《のれん》をくぐった。

「おやっさん、ちょいと見せてもらおうか」

糸屋の主人は、大義《たいぎ》そうに立ち上がり、店の奥《おく》からそれを取り出してきた。

おとこは目をまるくした。

その糸は、当時、南蛮《なんばん》からしか手に入らない正真正銘《しょうめい》の絹糸《きぬいと》であった。

しかも、その色艶《いろつや》といい光沢《こうたく》といい、相当な上物《じょうもの》だ。


「おやっさん、こいつは舶来品《はくらいひん》じゃねえのか」

糸屋の主人は目をつむり、首を横に振《ふ》ってこう言った。

「うちで紡いだ糸じゃ。舶来品なんかではねぇ」

おとこはいぶかしがった。なにゆえ一介《いっかい》の糸屋が絹糸を作れるのだと。

「へぇえ、たいしたもんでぇ。またじゃまするよ」


おとこが糸屋の脇道《わきみち》から帰ろうとすると、糸屋の裏《うら》にある作業小屋が目に入った。

糸車を回す音がぎぎしゃりと聞こえてくる。

作業小屋の土壁《つちかべ》の上のほうに小さな小窓《こまど》があった。

おとこは向かいの屋敷《やしき》に立てかけてあったはしごをちょろりと拝借《はいしゃく》した。

そして、作業小屋の小窓にはしごをかけてよじ登り、中を覗《のぞ》き見た。

すると、なんとも妖艶《ようえん》な女が、いかにも美しい糸を紡いでいるではないか。

その純白《じゅんぱく》の糸は、今しがた糸屋で見た絹糸の素《もと》となる精練前《せいれんまえ》の生糸に違《ちが》いなかった。

その女は、絹のように真白な頬《ほお》に、ほのかに紅《べに》をまとっていた。

おとこの視線《しせん》を感じたのか、女の顔がはっとこちらに向けられた。

おとこは慌《あわ》てて顔を引っ込《こ》めようとして足を滑《すべ》らせ、はしごから転げ落ちた。

そして、天狗《てんぐ》のように赤い顔をして、そそくさと帰っていった。


おとこは呉服屋へ戻《もど》ると、上がり框《かまち》に座《すわ》り込んだ。

奥の部屋からはコブが糸車を回す音が聞こえてくる。

おとこはうなだれて溜息《ためいき》を吐《つ》いた。

「どうかなさいました」

コブがおとこに声をかけた。

「いや、なんでもねぇ」

おとこはそうこたえると、陽も沈《しず》まぬうちから近くの酒屋へと出かけた。

酒屋には、おとこ以外《いがい》に客はなく、破《やぶ》れた障子《しょうじ》からは夕陽が差《さ》し込《こ》んでいた。

おとこは酒屋の隅《すみ》で沼《ぬま》のような深い溜息を吐《つ》いた。

「だんな、どうかなすったんで」

酒屋の店主がおとこの盃《さかずき》にとっくりから酒を注ぐ。

「なんでもねぇよ」

おとこは盃を傾《かたむ》けて一気に喉《のど》に流し込んだ。

「そうはァ見えませんぜ」

酒屋の店主は、立て続《つづ》けにおとこの盃を満《み》たした。

「ちょいと欲《ほ》しいもんがあってな」

満たされた盃にはおとこのうつろな顔が浮《う》かんでいた。

「へぇえ」

酒屋の店主はおとこに背《せ》を向け、七輪《しちりん》でめざしを炙《あぶ》り始める。

「欲しいものってなァ、だいたい手に入らねぇ」

おとこは空《から》の盃を雑《ざつ》に置《お》いた。

「そうですかい」

店主はおとこの盃をなみなみと溢《あふ》れさせた。

「どうにかならんもんかね……」

おとこは置かれた盃に唇《くちびる》を寄《よ》せて、ずびりとすすった。

「願《ねが》えば叶《かな》うとは言いますがね。へいお待ち」

店主は、くの字に折《お》れ曲がった二匹《にひき》のめざしをおとこの前に置いた。

「ふんっ」

おとこは鼻であしらい、めざしを頭からかじり付きながら、天井《てんじょう》を見上げた。

天井には巨大《きょだい》は鬼蜘蛛《おにぐも》が、糸を張《は》り巡《めぐ》らせていた。

突然《とつぜん》ピカッと雷《かみなり》が姿《すがた》を現《あらわ》し、激《はげ》しい雨が破《やぶ》れた障子《しょうじ》の隙間《すきま》から、酒屋の中に降《ふ》り込んできた。

おとこは、激しい雷鳴《らいめい》と雨音を聞きながら、その巨大な鬼蜘蛛をしばし無言でながめていた。

翌日《よくじつ》、町は大騒《おおさわ》ぎとなった。

上《のぼ》り調子だった糸屋の主人が、遺体《いたい》となって発見された。

町奉行所《まちぶぎょうしょ》の調べでは、どうやら自害《じがい》だという。

おとこは、ぬかるんだ泥道《どろみち》を蹴《け》って、糸屋へと向かっていた。

糸屋の周《まわ》りには町人がわらりと群《むら》がり、町方同心《まちかたどうしん》が「あまり近づくな」と追い払《はら》っていた。

ふと見渡《みわた》すと、群衆《ぐんしゅう》から外れた川べりの柳《やなぎ》の木陰《こかげ》でひとり、女がしおしおと泣《な》いていた。それは紛《まぎ》れもなく、糸屋の作業小屋で生糸を紡いでいたあの女だった。

おとこは機《き》を逃《のが》すまいと意を決し、女のもとへと近づいた。

そして、女の耳元で何かを囁《ささや》いた。

増水《ぞうすい》した川がどうどうと鳴って、二人の会話をかき消した。風がざあと湧《わ》き立ち、柳の木に張り巡らされた蜘蛛の糸が、ふつふつと切れた。

マユという名の糸屋の女は、その日のうちに呉服屋の奉公人《ほうこうにん》として引き取られた。

呉服屋のおとこは、マユとコブを同じ作業部屋にはしなかった。

物置となっていた呉服屋の蔵《くら》を片付《かたづ》けて、その蔵をマユの新しい作業部屋として用意した。

マユが紡いだ美しい糸で織《お》った反物や着物は、呉服屋の技術《ぎじゅつ》も相まって、飛《と》ぶように売れた。

それを身にまとえば、どんな人物でも艶《あで》やかに華《はな》やいで見えた。

一方、コブが紡いだ毒々しい糸で織った従来品《じゅうらいひん》は、ますます売れなくなった。


おとこは、マユを娘《むすめ》のようにいとおしがり、寵愛《ちょうあい》した。

おとこは度々、マユの作業部屋の蔵に入り浸《びた》るようになった。

そしていつの間にか、溺愛《できあい》していった。


そんなある日、おとこはいつものようにマユの蔵に入り浸っていた。

一息ついて着物を整え、マユの絹のように白い膝《ひざ》の上に頭を置いた。

マユの火照《ほて》った婉容《えんよう》な小顔の向こう側《がわ》に、蔵の天井に巣食《すく》った巨大な鬼蜘蛛が見えた。

おとこはすくりと立ち上がり、傍《かたわ》らにあった竹竿《たけざお》を手にした。

そして、鬼蜘蛛の巣糸を一掻《ひとか》きで破壊《はかい》し、鬼蜘蛛を蔵の小窓から外へと追いやった。

その日おとこは、陽も沈まぬうちに近くの酒屋へとひとり出かけた。

おとこは、酒屋の隅でヘドロのような溜息を吐《つ》いた。

「どうかなすったんで」

酒屋の店主が木箱から酒を開封《かいふう》し、おとこの盃に注ぐ。

「いや、別に」

おとこは舐《な》めるように酒の香《かお》りを嗅《か》いだ。

「さぞ儲《もう》かってんでしょうに」

酒屋の店主はおとこに背を向けて、赤い魚を煮付《につ》け始める。

「まぁな」

おとこは、盃の酒を味わいながらゆっくりと飲みほした。

「まだ何か欲しいもんでも」

酒屋の店主が、新しい盃に酒を注いでおとこに渡す。

「いいや、その逆《ぎゃく》だ」

おとこは、渡された盃をぐぴりと喉に流し込んだ。

「へぇえ」

酒屋の店主は、煮上がった赤い魚に香味《こうみ》を添《そ》えておとこの前に置いた。

「要《い》らなくなったものに困《こま》ってね」

おとこは赤い魚の真ん中にぶしゃりと箸《はし》を刺《さ》し、真っ二つに引き裂《さ》いた。

やにわに雷神《らいじん》が太鼓《たいこ》をゴロリと鳴らしだす。

「要らなくなったものは……処分《しょぶん》しちまえばよろしいんでは」

酒屋の店主の三白眼《さんぱくがん》が、おとこを覗き込むようにひん剝《む》く。

異様《いよう》なまでに無機質《むきしつ》なその三白眼に、蒼白《あおじろ》い稲光《いなびかり》がカッと映り込む。

おとこは赤い魚の半身を奥歯で噛《か》み潰《つぶ》しながら、天井を見上げた。

酒屋の天井に巣食っていた鬼蜘蛛は、巣糸ごときれいさっぱり取り払われていた。

雷鳴と雨音に紛《まぎ》れておとこが呉服屋に戻《もど》ると、コブが糸車を回す音が聞こえてきた。

おとこは、三白眼の白目で己《おのれ》の気配を覆《おお》い隠《かく》し、マユの蔵へと向かった。

おとことマユは、暗い蔵の中、見えない糸で絡《から》まり合った。

おとこは意を決して、マユの耳元で何かを囁いた。

激しい雷鳴と雨音が、二人の会話をかき消した。

二人は、「要らなくなったもの」を処分することで一致《いっち》した。

蔵の天井に鬼蜘蛛が再び巣糸を張り巡らせていたことに、二人は気付いていなかった。


その数日後、町は再び大騒ぎとなった。

数日間降り続いた大雨で増水した川の下流の橋げたで、男女の遺体が発見された。

遺体は腐敗《ふはい》が進んでいたが、町奉行所の調べで呉服屋のおとことマユだと判明《はんめい》した。

二人は数日前から行方が分からなくなっていた。

二人の遺体は腰部《ようぶ》を糸で固《かた》く結《むす》ばれていた。

町奉行所は、二人の死を情死《じょうし》と結論《けつろん》付けた。


一人の町方同心が、二人の腰《こし》を結んでいた糸を凝視《ぎょうし》する。

「ん？　こりゃどっかで見たことあるな」

その糸は、糸屋の主人の首を吊《つる》していた糸と同じものだった。

得も言われぬ異様な毒々しさを放っていた。

「……ま、気のせいか」

町方同心は、二人を結んでいた糸を切り離《はな》した。

そして、「こりゃもう要らねぇな」とつぶやいて、泥《どろ》で濁《にご》った川に投げ捨《す》てた。

二人が引っ掛《か》かっていた橋げたには、巨大な鬼蜘蛛が巣を構えていた。

未亡人《みぼうじん》となったコブは「遺体は要りませんので処分してください」と言い残し、町から姿を消した。

二人の遺体は、無縁仏《むえんぼとけ》としてそれぞれ別の墓《はか》に埋葬《まいそう》された。

それから百年以上ものち、生糸を大量に積《つ》んだ異国船《いこくせん》がこの国に来航《らいこう》するようになった。そしてこの国にも、美しい絹糸が安く大量に出回るようになった。

売れずにお蔵入りとなっていたコブが紡いだ糸や織物《おりもの》は、異国人の間で個性的《こせいてき》だと噂を呼《よ》び、高く評価《ひょうか》された。それらはすべて異国人により祖国《そこく》に持ち帰られ、この国にはもう残っていない。

少女唱歌隊《しょうかたい》の唄《うた》

春のうららに
我《われ》ら歌ふ

砲弾《ほうだん》の雨に
のぼりくだりの
兵站《へいたん》の船人が
櫂《かひ》のしづくも
花と散《ち》る

ながめを何に
たとふべき

西へ南へ

少女唱歌隊の唄

見ずやあけぼの
銃弾《じゅうだん》の露《つゆ》浴《あ》びて
何をか我らにもの言ふ
桜《さくら》木《ぎ》下《か》の屍《かばね》

見ずや夕ぐれ
手をのべて
何をか我らさしまねく
青柳《あおやぎ》下の屍

ながめを何に
たとふべき

西へ南へ

春のうららに
我ら歌ふ

錦《にしき》の御旗《みはた》おりなす長堤《ちょうてい》に
対岸よりの敵兵《てきへい》
くるればのぼる
おぼろ月

げに一刻《いっこく》も
千人の散《ち》る
ながめを何に
たとふべき

西へ南へ

少女唱歌隊の唄

我ら少女唱歌隊
荒城《こうじょう》に分け出でし

春高楼《こうろう》の
兵隊《へいたい》さんとの
花の宴《えん》
巡《めぐ》る盃《さかずき》
敵影《てきかげ》さして
血に飢《う》うる剣《つるぎ》に
我ら照《て》り沿《そ》いし

春のうららに
我らなほ歌ふ
松に歌《うと》うは
ただ死の嵐《あらし》

天上の月は
変《か》わらねど
栄枯《えいこ》は移《うつ》る
世の姿《すがた》
写さんとてか
今も尚《なお》

ああ荒城の
夜半《よわ》の月

我らの魂《たましい》
今いずこ
我らの光
今いずこ

春のうららに
我ら歌ひし
血屍《ちかばね》となりて
朽《く》ちぬるを
ながめを何に
たとふべき
ながめを何に
たとふべき

山川桃河の絵本

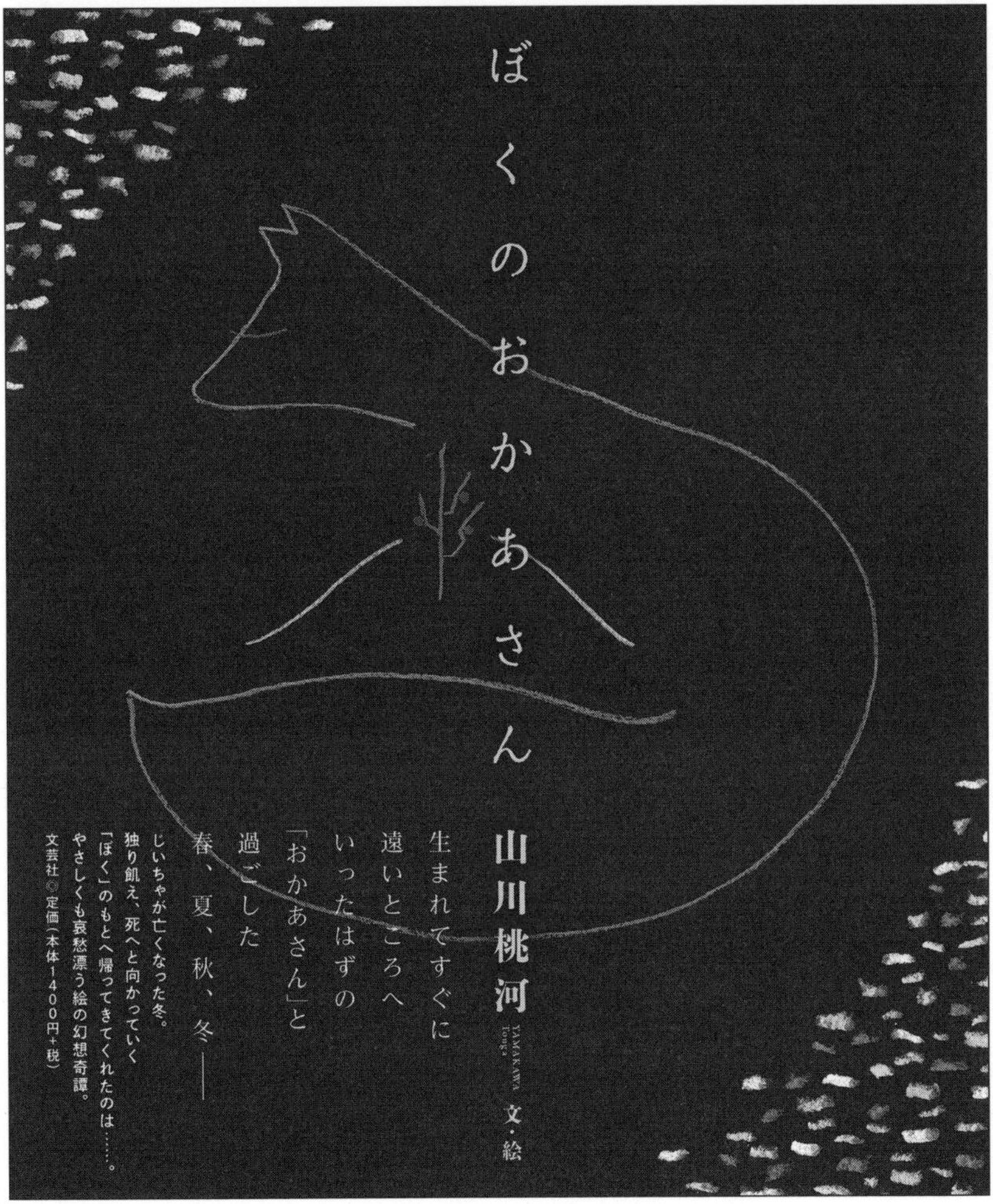

『ぼくのおかあさん』　2023年　文芸社
32ページ　定価（1,400円＋税）

著者プロフィール
山川 桃河（やまかわ とうが）
1978年佐賀県生まれ。
東京大学法学部卒業。
著書に絵本『ぼくのおかあさん』（2023年　文芸社）。

本文イラスト：中村至宏

5分後に心揺さぶる物語 美しく怖い、優しく哀しいアンソロジー

2023年6月15日　初版第1刷発行
2023年9月30日　初版第3刷発行

著　者　山川 桃河
発行者　瓜谷 綱延
発行所　株式会社文芸社
〒160-0022　東京都新宿区新宿1－10－1
電話　03-5369-3060（代表）
03-5369-2299（販売）

印刷所　株式会社暁印刷

ISBN978-4-286-27008-1